늙은 바나나

늙은 바나나

초판 1쇄 인쇄일 2017년 7월 01일
초판 1쇄 발행일 2017년 7월 10일

지은이 권순범
펴낸이 양옥매
교 정 조준경

펴낸곳 도서출판 책과나무
출판등록 제2012-000376
주소 서울특별시 마포구 방울내로 79 이노빌딩 302호
대표전화 02.372.1537 **팩스** 02.372.1538
이메일 booknamu2007@naver.com
홈페이지 www.booknamu.com
ISBN 979-11-5776-448-8(03810)

이 도서의 국립중앙도서관 출판시도서목록(CIP)은 서지정보유통지원 시스템
홈페이지(http://seoji.nl.go.kr)와 국가자료공동목록시스템
(http://www.nl.go.kr/kolisnet)에서 이용하실 수 있습니다.
(CIP제어번호 : CIP2017015528)

늙
은

바
나
나

권순범 지음

늙은 바나나의 정회情懷

불어오는 봄바람 예나 다름없는데
푸르렀던 내 봄은 벌써 가고 없구나
세월은 앞만 보며 가고 나는 뒤돌아보네

책나무

아름다운 마무리를 꿈꾸며

:

제 나이 60대 중반. 옛날 같으면 벌써 노인 취급을 받았을 나이입니다. 요즘은 '아직 중년'이라고 위로의 말을 듣지만 그래 봤자 5, 6년 후면 '어차피 노년'이 되고 맙니다.

겉모습은 이미 늙은 바나나가 되었습니다. 주름살이 늘고, 검버섯이 피고, 시력이 떨어지고, 어깨가 구부정해지고, 동작은 느려졌습니다. 변화된 제 모습을 마주할 때면 스스로 놀라 괜스레 눈시울이 붉어집니다.

몸은 볼품없이 변해 버렸는데, 이상하게도 제 안엔 아름다운 감성들로 가득합니다. 가 버린 시절, 가 버린 사람들이 문득 그리워지고, 다시는 돌아올 수 없음에 슬퍼지며 외로워지고, 그 시절

그들에게서 받았던 사랑을 저도 누군가에게 물려주고 싶은 마음이 간절해집니다.

　사회적으로 퇴물이 된 지금, 새로운 일을 벌이기보다 지난 일들을 정리하며 남은 세월을 제 딴엔 아름답게 마무리하려고 합니다. 기억을 하나씩 반추하고 제 마음을 살피며 글로 옮겨 세상에 내놓습니다.

　훗날 어느 벗에게 한 사람이 인간답게 살다갔다고 기억된다면 더없이 좋겠습니다.

2017년 6월, 권순범

목차

3부
할머니 나무

4부
아내에게 보낸 마음 편지

나는 가시나무

　욕심과 충동, 그리고 위선 등등이 내 안에 들어와 어느덧 송곳 같은 가시로 자라났습니다. 그것으로 남들을 찔러 짓밟으며 올라서려고 했고, 상처를 입히고도 미안한 줄 모르고 우월감에 도취했었습니다. …… 내 몸에 난 그 가시들이 …… 이제는 다른 사람도 아닌 나 자신을 향해 찌르고 있습니다. 아프고, 슬프고, 외롭고, 괴롭습니다

1

바람이 불면

바람이 분다. 가슴이 왠지 모르게 두근거린다. 누군가가 나에게 부드러운 목소리로 속삭이는 것 같다. 가만히 귀 기울이면 어디선가 들려오는 엄마 목소리. '옛날 그때가 그립지 않으냐? 내가 보고 싶지 않느냐?'

돌아보면 아무도 없다. 어떻게 이런 일이 일어날 수 있을까. 바람이 불어오는 저편 어딘가에 엄마가 있어, 내게 전하고 싶은 말을 이 바람결에 실려 보내는 건 혹시 아닐까. 그래, 바람은 그냥 불어오는 게 아닐 것이다. 그리운 이가 자신을 그리워하는 사람에게 자신도 그립다는 마음을 실어 보내는 건지도 모른다. 그렇지 않고서야 어떻게 이런 느낌이 들 수 있겠는가.

바람이 사연의 임자를 찾아 그리운 마음을 제대로 전해 주려면 우리를 무심히 지나쳐 갈 리 없다. 이곳저곳을 두루 살피며 우리가 누구인지를 일일이 확인하면서 지나가야만 한다. 그런 고마운 바람을 몰라보고 그냥 지나쳐 가게 한다면, 보낸 이가 얼마나 섭섭해하랴. 안 될 것이다. 더구나 이 바람 속엔 엄마가 나를 그리워하는 마음도 섞여 있을지 모르는데.

스쳐 가는 바람을 붙들고 일일이 엿들어 본다. 누가 보냈는지 몰라도 저편 어딘가에서 이편을 그리워하며 바람결에 실어 보낸 사연들이 얼마나 많은지…. 저마다 그리움에 애가 타고 있다. '소리쳐 부를 수도 없는 이 아득한 거리에'[1]이마저 없다면 애타는 그리움을 어찌하랴. 고마운 바람이라도 있어 슬픈 마음이 한결 놓이는 것을. 설령 이것이 꿈이어도 좋다. 그리운 엄마를 이렇게 해서라도 꼭 붙들고 싶다.

엄마의 사연을 마침내 찾아냈다. 옛날 어릴 때가 생각나면서 감미로운 기분에 젖어든다.

내 곁에 엄마와 동생이 있었다. 하루 종일 가게를 지키다가 밤늦게 문을 닫고 양미리를 구워 주시던 엄마 모습이 지금도 눈에 선하다. 가게 앞 길가에 연탄불을 피워 놓고 그 옆으로 나와 어린 동생이 앉아 있었다. 다들 활짝 웃는 얼굴이었다.

---

1 조지훈의 시 「민들레꽃」에서 인용함.

다 합쳐 보았자 고작 열 마리였을 것이다. 한 마리 한 마리, 앞뒤를 뒤집어 가며 정성껏 구워서 나와 동생 앞에 번갈아 나눠 주셨다. 어미 새가 새끼들 입에 먹이를 일일이 넣어 주듯이 그렇게 머리와 가시를 발라 먹기 좋게 해 주셨다.

구워 주시기 무섭게 나는 금방금방 먹어 치웠고, 동생은 아끼고 아껴 가며 조금씩 먹었다. 다 먹어치운 내가 군침을 흘리고 앉아 있으면 그런 내가 보기 안쓰러우셨는지 엄마는 동생에게 이렇게 구슬리곤 하셨다. "우리 순도는 착하지? 형아에게 한 마리 나눠 주지 않으련?" 그러면 동생은 잔뜩 폼을 잡고 "응, 형아. 이거 먹어." 하며, 내 앞에 양미리 한 마리를 밀어 놓는 것이었다. 그런 모습을 보며 엄마도 나도, 순진한 어린 동생도 다 같이 함박웃음을 웃었다. 가끔은 그렇게 우리는 즐거운 저녁을 함께 보내곤 했었다.

나중에 어른이 되어서야, 그때 엄마는 한 마리도 잡숫지 않으셨다는 기억이 떠올랐다. 그 생각만 하면 마음이 먹먹하게 아파 오지만, 엄마가 양미리를 구워 주셨을 때 곁에서 동생과 내가 좋아라 했었던 그 장면만큼은 더없이 행복하게 느껴진다.

내 생애에 그렇게 행복했던 때는 다시없을 것이다. 지금도 행복하지만 옛날만큼은 아닌 것 같게 느껴진다. 옛날은 그저 행복했던 게 아니라, 되돌아갈 수 없는 슬픔이 그 위에 더해져 더 아름답게 느껴지는 것인지도 모른다. 눈을 감고 그때 그 장면을 보고 있노라면 어느덧 그 안에 내가 실제로 있는 것처럼 마음이 포근해진다.

바람이 전하는 말에 귀 기울여 더 들어 본다. "나는 네가 얼마나 보고 싶은지 모른다. 너는 또 내가 얼마나 보고 싶겠느냐. 아, 나는 네가 그립고, 또 그립다…."고 말씀하신다. 가슴이 뭉클해진다. 나도 바람결에 엄마를 그리워하는 마음을 답장처럼 실어 보낸다. 그러고는 다시 바람이 불어오기를 기다린다.

바람이 분다. 엄마가 보낸 사연이 혹시나 있을까 싶어서 마음 졸이며 하나하나 들어 본다.

엄마가 내 답장을 받아 보셨을까….

2

가을 바다 가을 남자

밤새 굿은비 내리더니 아침이 되어도 그칠 줄을 모릅니다. 우산을 받쳐 들고 바닷가에 홀로 나와 한참을 서 있는 중입니다. 바다도 저 혼자 외로웠는지, 물결을 일렁이며 천천히 내게로 다가옵니다. 낯선 과객인 나에게라도 뭔가를 하소연하려는 것처럼 보입니다. 모래 위에 잠시 남아 있다 사라지는 물거품을 바라보며 바다가 하는 말에 귀 기울여 봅니다.

얼마 전까지만 해도 자기 품에 안겨 놀았던 수많은 사람들이 지금은 어디로 가 버렸냐고 물어봅니다. 외롭다고, 외로워 죽겠다고 말합니다. 그 심정, 내가 잘 안다고 대답해 줍니다. 쓸려 갔던 파도가 다시 밀려옵니다. 밀려왔다간 다시 또 쓸려 갑니다. 이렇게 오가는 물결에 마음을 실어 바다와 나는 한동안 교감합니다.

지금은 11월 초. 가을은 이미 깊었습니다. 철 지난 바닷가에 인적이 끊긴 것은 지극히 당연합니다. 날이 추운데 찬물에 발을 담글 바보는 아무도 없습니다. 그런 쉬운 이치를 모르고 오지 않는 사람을 기다리는 바다가 불쌍해 보입니다.

문제의 본질은 사람이 아닌, 세월의 무정함에 있다는 것을 바다에게 충고해 줍니다. 무릇 생명이라면 배고플 때 먹을 것을 찾듯이 날이 더우면 시원한 곳을 찾게 되고 날이 추우면 따뜻한 곳을 찾게 마련이라는 것을, 그게 순리라고 말해 줍니다. 늦가을에 사람들이 바닷가에 찾아와 주기를 바라는 것 자체가 무리라고 일러 줍니다.

기다리다 보면 계절이 바뀌어 여름이 올 것이고, 수많은 사람들이 너에게로 또다시 달려올 것이니, 여태껏 왜 찾아오지 않았느냐 심술부리지 말고, 엄마가 어린애 보듬듯이 잘 안아 주라고 부탁해 봅니다. 그러면서 나에게는 다시 오지 않을 지난여름을 생각합니다.

그때는 내 곁에도 사람들로 흥성거렸습니다. 나에게 다가와 정을 나누었던 그 많은 사람들이 철 지난 지금엔 거의 다 사라졌습니다. 이곳 바닷가는 그래도 다시 돌아올 여름이 있기에 아무리 외롭다 한들 나만큼은 슬프지 않을 것입니다. 나에게는 여름이 돌아오지 않기 때문입니다.

내 인생도 지금은 가을입니다. 철 지난 이 바닷가와 다를 바 없습니다. 이곳만큼이나 나를 찾아오는 이가 거의 없습니다. 내 마음은 비를 뿌리는 저 하늘만큼이나 흐리고, 이 바다만큼이나 어둡습니다. 하고 싶은 말은 많지만 아무에게도 털어놓지 못하고 있습니다. 나도 저처럼 속울음을 참고 있는 중입니다.

이런 내가 이 바다에게 슬퍼하지 말라는 위로를 하고 있다니…. 나도 모르게 자조 섞인 웃음이 흘러나옵니다. 내 자신이 그만 무안해져서 발길을 돌리려는 참입니다. 나보고 가지 말라는 듯이 파도가 다시 밀려옵니다. 그런 바다에게서 뭔가 간절함 같은 게 느껴집니다. 잠시만 더 있어 보기로 합니다.

바다가 내게 말합니다.

"한곳에 가만히 앉아서 사람들이 찾아와 주기만을 간절히 기다리는 나의 처지를 생각해 본 적이 있느냐? 그래도 너는 제 발로 이곳에 찾아왔듯이 누구에게든 찾아갈 수 있지 않느냐? 그런데 왜 찾아가지 않고 바보같이 혼자 외로워하느냐?"

할 말이 없습니다. 생각해 보니, 나는 늘 그래 왔던 것 같습니다. 아니, 그랬습니다. 다가갈 생각은 별로 하지 않고 다가와 주기만을 기다려 왔습니다. 어쩌면 이 외로움은 내가 자초한 건지도 모릅니다. 이 바다만큼이나 적극적으로 계속 다가갔더라면 지금처럼 외롭지는 않을지도 모릅니다.

나는 늘 이기적이었습니다. 자존심만 있지, 아무것도 아닙니다. 남들이 알아주지 않는 그 알량한 자존심, 이제는 버려야겠습니다. 몇 안 되는 친구들이지만 이제부터라도 이 바다가 나를 간절히 불러 세웠듯이 나도 똑같은 마음으로 그들을 찾아가야겠습니다. 그들도 아마 나처럼 외롭다면 이런 내 진심을 이해하고 받아 줄지도 모릅니다. 외로움은 외로워서, 너무나 외로워서 슬피 울어 본 사람만이 이해하는 속 깊은 감정이니까.

비안개 속으로 갈매기 한 마리가 비껴 날아갑니다. 곧이어 외로움을 떨치고 그 뒤를 따라가는 갈매기가 있습니다. 먼 하늘로 사라질 때까지 나는 그것들을 지켜봅니다.

3

나는 가시나무

내 안엔 '나'가 너무나 많습니다. 이것저것을 다 하고 싶은 욕심 많은 나가 있고, 인생과 사랑을 사색하는 철학적인 나도 있습니다. 특별한 자극을 받으면 참지 못하는 충동적인 나도 있고, 남들에게 좋은 모습만 보이고 싶은 위선적인 나도 있습니다. 일일이 열거하기 힘들 정도로 많은 나가 내 안에 들어 있습니다.

그 '나'의 대부분은 거친 삶을 힘겹게 살아오면서 나도 모르게 내 안에 주워 들인 것들입니다. 욕심과 충동, 그리고 위선 등등이 내 안에 들어와 어느덧 송곳 같은 가시로 자라났습니다. 그것으로 남들을 찔러 짓밟으며 올라서려고 했고, 상처를 입히고도 미안한 줄 모르고 우월감에 도취하기도 했습니다. 험한 세상을 살아가는 데는 그 가시가 꼭 필요한 무기처럼 생각되었기 때문입니

18

다. 그래서 그것을 없애려 하지 않고, 오히려 어떻게든 보이지 않게 가리려고만 애를 썼습니다.

키가 멀쩡히 크고 잎이 무성하니 남들 보기에는 내가 그럴싸한 나무처럼 보이겠지만, 가까이 와 보면 가시 많은 나무에 불과하다는 사실을 곧 아시게 될 겁니다. 온몸에 가시가 돋친 추한 몰골에는 그 누구도 살갑게 다가올 리 없다는 자명한 이치를 나는 어리석게도 몰랐습니다. 뒤늦게 알았을 때는 이미 늦었습니다. 한 번 들어와 자리 잡은 가시는 쉬이 가라앉지 않았습니다.

내 몸에 돋아난 그 가시들이, 아니 내 안의 그 헛된 바람과 충동과 위선들이 이제는 다른 사람이 아닌 나 자신을 향해 찌르고 있습니다. 아프고, 슬프고, 외롭고, 괴롭습니다. 아, 나는 한 그루의 가시나무일 뿐입니다.

이런 나에게 어느 날, 기적 같은 일이 벌어졌습니다. 아름다운 새 한 마리가 내 품으로 날아든 것입니다. 나를 부둥켜안고는 다짜고짜 아름다운 노래를 부릅니다. 나 같이 가시 많은 나무를 뭐가 좋다고 이러는지 모르겠습니다. 아무도 나를 찾아 주지 않는데 이 새만은 내 곁을 떠날 줄을 모릅니다. 기쁘고 고맙습니다.

내가 이 아름다운 새에게 해 줄 수 있는 일이라곤 아무것도 없습니다. 다만, 잘못하다간 새가 가시에 찔릴지도 모른다는 생각에 몸에 돋친 그것들을 황급히 거둬들이려 했을 뿐입니다. 하지만 별 소용이 없습니다. 나는 여전히 가시나무인 채로 서 있을 수밖에 다른 도리가 없습니다.

그런데도 다행히 새는 내 품 안에 둥지를 틀었습니다. 새끼 두 마리를 낳고도 여전히 내게 아름다운 노래를 불러 줍니다. 나는 늘 마음이 조마조마합니다. 언제 내 가시에 이 새가 찔릴는지 몰라 내가 할 수 있는 최대한으로 품을 넓혀 봅니다. 비좁은 곳이라도 조금이나마 마음 편히 쉴 수 있도록 내 나름 안간힘을 써 보는 중입니다.

새는 나의 가시들을 잘도 피해 가며 지금껏 잘 살고 있습니다. 아니, 오히려 그것들을 방패 삼아 외부의 위협으로부터 자신과 새끼를 안전하게 지키며 사는지도 모르겠습니다. 어쨌거나 참으로 다행한 일입니다.

새들이 있어 나는 이제 더는 슬프지 않습니다. 아프지도 않습니다. 외롭지도 않습니다. 괴로워할 것도 없습니다. 모진 비바람이 불어닥쳐도 이겨 낼 수 있을 것 같습니다. 비록 가시나무인 채로 살아갈 수밖에 없는 운명이지만, 새들이 내 품에 있는 한은 나도 보통의 나무들처럼 의젓한 한 그루의 나무인 것입니다.

나는 이제야 깨닫습니다. 나 같은 가시나무에게도 언젠가는 만나게 될 운명 같은 존재가 이 세상 어딘가에 있다는 것을. 모처럼 품 안에 날아든 아름다운 새를 놓치지만 않는다면 아무리 고달픈 세상일지라도 그런대로 살 만하다는 것을.

설령 그렇더라도, 하고많은 가시나무들 중에 내가 이 새를 만난 일이, 그리고 새가 내 가시에 찔리지 않고 이날까지 무탈하게 살아온 일이 기적같이 느껴집니다. 세상사를 주관하시는 하나님께 감사드립니다. 그리고 다짐합니다.

아름다운 이 새가 내 품에서 오래오래 살 수 있도록 이미 돋친 나의 가시들을 안으로 열심히 거두고 삭이며, 앞으론 더 조심하며 살겠노라고….

<u>4</u>

나보다, 나를 더 잘 아는 사람

세상에서 나를 가장 잘 아는 사람은 바로 나 자신인 줄 알았다. 의심의 여지가 없었다. 그런데 어느 한순간에 그 믿음이 흔들렸다. 나보다, 나를 더 잘 안다고 자처하는 사람이 나타난 것이다. 처음엔 속으로 어이없어했는데, 곰곰이 생각해 보니 그럴 만도 했다.

점심때의 일이었다. 친구 부부와 넷이서 모처럼 함께 식사를 하게 되었다. 남편들은 서로 초면이었고, 아내들은 친구였다. 각자 먹고 싶은 음식을 주문하자며 해장국, 갈비탕 그리고 애호박찌개, 이 셋 중 하나를 골라 보라 했다. 여자 두 분은 해장국을 골랐고, 저쪽 남편은 갈비탕을 시켰다. 내 차례가 왔다.

나는 애호박찌개에 마음이 갔다. '난, 찌개!' 하고 막 주문하려던 참인데, 아내가 곁에서 "이분도 갈비탕이요." 하는 게 아닌가. 내가 잠시 뜨악해하고 있으니, 종업원이 주문을 받아 적지 못하고 내 눈치를 살폈다. 내게 '확실히 갈비탕이냐?'는 무언의 물음을 던지고 있었다. 아내가 나 대신에 부연했다. 한마디로, 내가 찌개를 별로 좋아하지 않는다는 것이었다.

그 말을 듣고 있던 나는 '내가 그런가?' 하면서도 고개를 끄덕이고 말았다. 이로써 나는 찌개를 좋아하지 않고 갈비탕을 좋아하는 사람이 되고 만 것이었다. 갈비탕을 먹으며 정말로 내가 찌개를 좋아하지 않는지 생각해 봤다. 여전히 잘 모르겠다. 된장찌개든 김치찌개든, 뭐든 다 잘 먹는 줄로 알고 있었는데 그게 아닌가 보다 했다.

지금도 똑같은 질문을 내 자신에게 던지고 있다. 나는 정말 찌개를 좋아하지 않는가? 몇 번을 물어봐도 대답하기가 어렵다. 김치찌개만 하더라도 그렇다. 김치가 신지 매운지, 국물이 짠지 시원한지를 까다롭게 살피는 내 식습관 때문이다. 입맛에 맞지 않으면 수저가 잘 가지 않는 게 사실이다.

김치는 겉절이를 좋아하고, 맵고 신 것은 솔직히 별로다. 식탁에 신 김치가 오르면 성의를 표현하는 정도로만 젓가락이 간다. 찌개를 끓여 놓을 때도 마찬가지다. 이런 나를 나 자신은 김치찌개를 싫어한다기보다 신 김치찌개만을 골라서 덜 좋아한다고 생각한다. 하지만 아내의 눈에는 내가 김치찌개 전부를 싫어하는 것으로 비쳐졌을지 모른다.

나 자신에 대한 나의 믿음이 맞는 건지, 아니면 아내의 나에 대한 인식이 맞는 건지 나는 아직도 헷갈린다. 어쩌면 내가 나를 아는 것보다 그녀가 나에 대해 이해하고 있는 것이 더 정확한 나의 모습일지도 모르겠다. 솔직히 내가 나를 다 아는 것도 아니니까. 내 의도와 다르게 행동할 때가 가끔 있고, 내가 진정 원하는 바가 뭔지 모를 때도 많으니까.

이 일로 깨우친 게 있다. 내가 생각하는 '나'와 세상 사람들이 인식하고 있는 '나'가 서로 달라, 그 간격으로 인해 갈등을 일으켰을지 모른다는 사실을. 앞으론 행동과 말을 하기 전에 그것이 과연 나다운지를 점검해 봐야겠다. 다른 사람들 눈에 비쳐질 내 자신의 모습을 먼저 상상해 봐야겠다. 그들이 나를 오해하지 않도록, 아니 오늘 경우처럼 자칫하면 내가 그들을 오해하게 될지도 모르니까 그러지 않도록 노력해야겠다.

부엌에 있는 아내가 말을 걸어온다.

"여보, 목욕탕에 안 가요? 빨리 갔다 와요. 그 사이에 맛있는 저녁 해놓고 있을 테니까."

그러고 보니 오늘은 목욕탕 가는 날이었구나. 얼른 대답한다.

"응, 알았어. 금방 갔다 올게."

아내는 결혼 후 37년을 늘 내 곁에서 나의 행동과 생각을 지켜 봐 왔다. 어쩌면 그녀가 알고 있는 내 모습이 진정한 나일지도 모른다.

5

눈 내린 그날의 우리

새벽, 창가에 홀로 서 있습니다. 간밤에 내린 눈으로 온 세상이 하얗습니다. 뭐라도 그려 넣고 싶을 정도로 새하얀 도화지 같습니다.

발아래 숲 속 오솔길에 까만 점 두 개가 보입니다. 자세히 보니, 조금씩 움직이는 것 같습니다. 나무에 가려져 보였다 안 보였다 합니다. 사람임에 틀림없습니다. 그들이 걸어가는 방향으로 내 눈이 먼저 앞질러 가, 나오기를 기다리고 있습니다.

두꺼운 외투에 모자를 쓰고 있어 남자인지 여자인지 분간이 가지 않습니다. 키와 걷는 모습으로 짐작만 할 뿐입니다. 키 작은 한 명은 옆 사람의 허리춤밖에 차지 않는데 강중강중 뛰고 있고, 키 큰 한 명은 뚱뚱한 몸집 때문인지 좌우로 뒤뚱대며 걷고 있습니다. 그래도 걸음걸이가 제법 잘 어울립니다.

아무도 걷지 않은 새하얀 눈길을 서로 손잡고 걸어가는 모습이 꼭 연인들처럼 보입니다. 숲에서 나와 집으로 돌아가는 길인 것 같습니다. 공원 저편에는 길이 막혀 있으니까요. 동트자마자 눈을 본 손자 아이가 할머니를 졸라 밖으로 나온 게 아닐까 짐작됩니다. 할머니는 그 애의 간청을 뿌리치지 못하셨겠지요.

함께 눈을 뭉쳤을지, 눈뭉치를 던지고 받았을지 짐작키는 어려워도 서로 좋은 시간을 가졌을 것은 분명해 보입니다. 저 조손은 아마도 갈등 없는 사랑, 따뜻한 사랑을 서로 나누고 있었을 것입니다. 오래도록 잊히지 않을 아름다운 추억 하나를 만들었겠지요.

나도 문득 손자가 그리워집니다. 저 애만큼도 아직 안 된, 무릎과 허리 사이의 키 작은 내 연인이 기다려집니다. 두 살배기 '구윤이'가요. 주말이 오려면 한참 멀었는데 벌써부터 보고 싶습니다.

그 애가 왔을 때도 지금처럼 눈이 소복하게 쌓여 있으면 좋겠습니다. 며늘애가 반대할는지 모르겠지만 춥지 않게 옷을 든든히 입혀 데리고 나가서, 나도 한번 저 숲 속 오솔길을 함께 걸어가 보고 싶습니다. 아장아장 걷는 발걸음에 보조를 맞추며 걷다가 눈을 뭉쳐도 보고, 발개진 얼굴에 비벼도 보고, 그 애 입술에 뽀뽀도 해 보고 싶습니다.

나도 한번 그렇게, 먼 훗날에 가져갈 멋진 추억 하나를 만들고 싶습니다. 구윤이가 커서 '눈 내린 그날의 우리'를 기억할는지 모르겠습니다만 그래도 우리가 나눈 따뜻한 사랑만큼은 그 애의 마음속 어딘가에 오래도록 남아 끊임없이 느껴지길 바랍니다.

하얀 도화지 위에 그려져 있는 우리 둘만의 모습을 상상만 해도 마음이 절로 즐거워집니다. 눈 오는 주말이 많이 기다려집니다.

6

나에게 빛나는 삶이란

가끔 이런 회의가 든다. 이렇게 사는 게 과연 옳은 거냐고. 지나가는 바람을 붙들고 말을 붙여 보거나 어린 손자 아이를 안고 뒹굴며 하루를 맹탕 흘려보내는 지금의 삶에 무슨 의미와 보람이 있냐고. 그럴 때마다 노경에 들면 어쩔 수 없는 일이라고 체념하면서 우울한 시간을 보내고 있다.

오늘도 나는 아장아장 걷는 돌쟁이, 어린 손자를 데리고 집 앞 공원 벤치에 앉아 있다. 집에서 선풍기 바람을 쏘이고 있으니 바깥 공기가 차라리 낫겠다 싶어 나왔다. 그늘진 곳이라 그리 덥지도 않고 바람도 불어와 시원하다.

내가 먼저 말을 건네고, 그 애가 웅얼거리면 그것을 그 애의 대답인 양 내 멋대로 해석해 가며 서로 얘기를 주거니 받거니 한다. 아이가 어느 한곳을 응시하는 것 같아 쳐다보니, 언제 날아왔는지 파리 한 마리가 의자에 앉아 두 손을 비비고 있다. 손자 애가 그 모습을 물끄러미 바라보더니 한번 만져 보겠다는 시늉으로 느리게 손을 뻗친다. 파리가 휑하니 날아갔다가 금방 되돌아와 같은 자리에 앉는다. 그러기를 여러 번, 어디론가 사라진다.

잠시 후 어디서 왔는지 개미 한 마리가 파리가 앉았던 그 자리에 기어 다닌다. 손자 아이 쪽으로 부지런히 기어오다가 낌새가 이상했는지 오다가 말고 멈칫한다. 손자 애가 그 모습을 지켜보더니 다시 또 손을 엉거주춤 뻗친다. 그러자 그 개미, 기겁하고 의자 옆구리로 잽싸게 도망가 버린다.

파리와 개미의 모습을 바라보다가 문득 삶의 회의가 다시 도졌다. 한낱 미물인 저것들도 뭔가를 찾아다니며 저 나름 열심히 살아가고들 있는데, 만물의 영장이라는 나는 왜 이렇게 하릴없이 아까운 시간을 허비하고 있는가. 이것이 진정 내가 바라는 삶의 모습일까 의심해 보며 다시 또 우울해진다.

사람은 누구나 다 일등을 하고 싶고, 남들 앞에서 뭔가를 자랑하고 싶고, 박수 또한 받고 싶어 한다. 나도 남들에게서 부러운 시선을 받고 싶다. 나 자신의 존재감을 느끼고 싶다.

한때는 내게도 그런 시절이 있었다. 일등도 해 보고, 상도 받아 보고, 별것 아닌 일에 칭찬도 받아 보고. 그렇게 나라는 존재를 사람들에게 인식시키며 살았던 때가 있었다. 한데, 지금의 나는 없다. 아니, 있다고 해도 아무것도 아니다. 어쩌다가 "나, 여기에 있소!" 소리쳐 봐도 부러운 시선은커녕 아무도 눈길조차 보내지 않는다. 이대로라면 시간이 갈수록 나는 사람들에게서 점점 더 잊혀 갈 것이다.

이제는 잘한다는 소리를 듣지 않아도 좋다. 남들처럼 나도 뭔가를 열심히 할 수만 있다면 좋겠다. 그들 곁에 내가 아직 살아 있다는 사실을 알려 주기만 해도 좋을 것 같다. 사람들과 부딪히고 시간에 쫓겨 가며 바쁘게 다시 살아 봤으면 좋겠다. 그러면 사람들에게서 잊히는 일은 없을 테니까. 나라는 존재가 그들 곁에 있다는 것을 인정할 테니까.

하지만 이제는 그것도 꿈이 되어 버렸다. 내게 그럴 일은 없을 것이다. 내 스스로가 일을 만들기 전에는 남들이 내게 일을 시키려고 하지 않을 것이다. 나는 이미, 이제 그만 집에서 쉬라는 '정년'을 통보받지 않았던가. 잘못한 것이 없는데도 억울하게 무기징역형을 받은 것 같아 허공에라도 크게 '으아' 소리치고 싶다. 내 힘으로는 어찌해 볼 도리가 없는 이 상황에 때로 서글퍼지기도 한다.

언젠가 읽었던 글 한 구절이 문득 생각난다. 몽테뉴는 "오늘도 아무 일 못하고 하루를 낭비하고 말았다고 사람들은 말하는데, 그 말은 결코 옳은 말이 아니다. 사는 것이야말로 중요하고 빛나는 일인데, 무엇을 더 원하는가?" 묻고는, "성정을 가다듬고 행동에 정온함을 얻는 일, 이것이야말로 가장 빛나는 삶이다."라고 자신이 생각하는 답을 밝힌바 있다.[2]

예전엔 미처 깨닫지 못했던, 산다는 것 자체가 눈부신 일이라는 그 말이 오늘따라 우울해진 마음에 적잖이 위로가 된다. 여태껏 나는 무엇을 하며 살 것인가에만 몰두해 있었는데, 그것도 물론 중요하지만 살아 있는 것만큼은 아닌 것 같게 생각되는 것이다.

따지고 보면 지금의 내 삶이 어디가 그렇게 부족한가. 이만하면 남들이 부러워할 만한 삶이 아닌가. 바람과 새와 나무, 그리고 어린 손자 아이와 얘기를 나누며 맑고 깨끗한 성정을 되찾고 있고, 아무것에도 매이지 않으며 평온하게 잘 살고 있지 않은가. 몽테뉴의 말이 반드시 옳은 것은 아니겠지만, 그 나름 일리가 있어 보인다.

우리에게 인생이란 문제만 받아들었지 아직은 정답을 모르는 시험 같은 거니까, 각자 생각한 대로 답을 써 보는 거다.

---

2 한길사 출판, 『세 개의 동그라미(마음, 이데아, 지각)』 중에서 인용함.

내 나이엔 존재를 밖으로 드러내기보다 안으로 가리고 감추는 삶을 살아야 할 것 같다. 그러면서 나 자신을 돌아보고 마음을 다스려 가며, 없는 듯이 조용히 사는 게 현명할 듯하다. 그렇게 사는 것이 몽테뉴의 말대로 지금의 나에겐 가장 빛나는 삶이 아닐까 싶다.

7

이름에 담긴 부모 마음

신생아실에서 갓 태어난 손자를 본 지 며칠 지난 때였다. 큰애가 제 아들의 이름을 지어 달라고 내게 부탁하였다. 알겠노라 대답하였는데도 뭔가 할 말이 남았는지 주춤거리더니, 이렇게 지으면 어떻겠냐고 몇 글자를 보여 주었다.

제 뜻을 밝히면서 내 의중을 묻는다는 것은 손자 이름을 짓는 일에 저도 한몫하고 싶다는 뜻이었을 게다. 자식의 이름을 짓고 싶어 하는 애비의 마음을 내 어찌 모르겠는가. 기왕이면 아들의 의향을 존중해 주고 싶었다.

아들이 제시한 글자들을 하나하나 짚어 보며 그 글자를 선택한 이유를 짐작해 보았다. 제 딴에는 고민을 많이 했던 듯하다. 나 역시 어떤 글자를 손자의 이름으로 쓸까 망설여졌다. 그러다가

삼십 수년전 아들이 태어났을 때의 일이 떠올랐다.

집사람이 진통을 한창 겪고 있던 그때, 나는 병원 복도에 서서 그 애가 어서 나오기만을 기다리고 있었다. 창밖의 먼 밤하늘을 바라보며 곧 만나게 될 첫아들에 대한 감격에 젖어 나도 모르게 하나님을 부르며 간절히 소망을 빌었다.

이름이 아직 없었기에 임시로 '등불'이라는 이름을 붙였다. 그 애가 자라서 어둠을 밝히는 위인이 되면 좋겠다는 생각에서였다. 밤하늘을 향해 "등불아, 등불아" 부르며 "너는 이담에 우리나라, 아니 아시아의 등불이 되면 좋겠다."고 속으로 빌고 또 빌었던 기억이 난다.

나중에 이름을 지을 때도 '등불'이란 단어는 후보로 거론되었다. 부르기가 어색해 친구들에게 놀림감이 되기 십상이라는 이유로 반대에 부딪쳐 그만 탈락하고 말았다. '등불' 대신에 권씨 집안 38대손의 항렬을 나타내는 '용(鎔)'자를 의무적으로 채용했고, 나머지 한 글자만을 겨우 내 뜻대로 지었던 기억이 난다. 나는 그 한 글자에 아들에게 바라는 나의 모든 희망을 담으려고 애를 썼었다.

자식의 이름을 직접 지어 주고 싶은 마음, 그게 바로 부모 마음일 것이다. 나는 아들애가 추천한 글자들을 일일이 살펴보고 그 중 하나를 고르려는 참이다. 문득 나에 대한 아버님의 기대는 뭐였는지 궁금해진다. 내 이름 두 글자에도 아버님이 내게 거셨던 기대가 분명 반영되어 있을 것이다.

4살 때 아버님 돌아가셨고 얼마 전에 어머님마저 돌아가셨으니, 그게 뭐였는지 물어볼 길이 이제는 없다. 진즉 여쭈어보지 못한 게 유감스럽지만 내가 애비가 되어 봤고 할아비 또한 되고 보니, 내 이름을 잘 들여다보면 어느 정도는 짐작할 수 있을 것 같다.

이름 석 자 중에 씨족을 나타내는 권(權)자를 빼면 항렬을 나타내는 순(純)자와 아버님이 직접 골라 주신 범(範)자가 남는다. 항렬을 나타내는 글자가 여럿 있는데, 그중에 하필 '순'자를 고르셨으니 그 글자에도 아버님의 뜻이 조금이나마 묻어 있을 것이고, 나머지 '범'자 한 글자에는 아버님이 나에게 거셨던 거의 모든 기대가 함축되어 있을 것이다.

한자사전을 찾아, 내 이름 두 글자의 의미부터 살펴본다. '순'자에는 여러 뜻이 있다. '순수하다, 순박하다, 진실하다, 돈독하다, 도탑다(서로의 관계에 사랑이나 인정이 많고 깊다), 전일하다(오직 한곳에만 전념하다), 온화하다'는 의미가 담겨 있다. 그리고 '범'자에는 '본보기, 고상한 태도, 법도에 맞다'는 의미로 해석되어 있다. 종합해 보면, '착하고 바르게 살라'는 한 구절로 바꿔 말할 수 있을 듯하다.

'착하다'는 것은 자기 욕심만을 채우려는 사심(私心)과 남을 그르

치게 하려는 사심(邪心)이 없는, 그래서 다른 사람들과 다투지 않는 행실을 말함이다. '바르다'는 것은 내 마음에 거리낌이 없는, 그래서 스스로에게 부끄럽지 않은 몸가짐을 뜻함일 것이다. 이런 내 추측이 맞는다면 아버님은 내가 군자처럼 살기를 바라셨을 게다. 말하기는 쉬운데 실천하기가 여간 어렵지 않은 높은 경지의 삶 아닌가.

지난 60년의 세월을 돌아보니, 나는 착하고 바르게만 살아오지는 못했다. 설령, 아버님의 기대를 미리 알았다 하더라도 아마 마찬가지였을 것이다. 사리사욕에 눈이 멀었던 적이 많았고, 본의든 아니든 다른 사람들과 다투었던 적도 많았다. 마음에 거리끼는 바가 있어도 눈을 질끈 감고 저질렀던 잘못 또한 적지 않다. 마음에 이런저런 때를 묻히며 이날 이때까지 살아왔다. 아버님의 기대에 크게 못 미쳐 죄송하고 부끄럽다.

나의 불효를 한동안 자책하고 있다가, 깨닫지 못하였을 때 저지른 일들이니 부디 용서해 주십사고 아버님께 빌며, 지금부터라도 착하고 바르게 살아가겠다고 다짐해 본다. 하루아침에 그같이 높은 경지의 삶을 살기란 쉽지 않겠지만 노력은 해 봐야 할 것 같다. 그래야 나중에 하늘나라에 가서 아버님을 뵙더라도 조금이나마 면목이 설 것이다.

부모 마음은 다 똑같다. 자식 잘되길 바랄 뿐이다. 아버님도 그러셨고, 나도 그랬다. 그리고 내 아들도 그럴 것이다. 여느 부모들과 마찬가지로.

　손자 아이의 이름으로, 39대 항렬을 나타내는 '구(九)'자와 다른
한 글자를 마침내 골랐다. 은혜를 많이 받으라는 의미의 '윤(潤)'자
다. 부모로부터 받은 은혜를 헤아리며 살아 주기를 바란다는 뜻
도 내포되어 있다. 아들이 제시한 글자들 중에서 골랐으니, 나의
선택에 대해 아들도 흡족해하리라.
　자, 이제 손자 아이의 이름을 불러 본다. "구윤아! 부디 오래,
행복하게 잘 살아라."

<u>8</u>

시간을 파는 상점

마음속에 찬바람 부는 날이면 대학로에 간다. 그곳엔 언제나 젊음이 넘쳐흘러 좋다. 얼어붙은 땅에 따뜻한 기운이 흐르고, 늙은 나뭇가지에도 푸른 싹이 돋아나는 것 같다. 생기발랄한 무리에 섞여 있는 것만으로도 없던 기운이 불끈 솟는 것을 느낀다.

오늘도 나는 대학로에 나와 있다. 이 골목 저 골목을 걸어 다니며 청춘 남녀의 모습들을 바라본다. 밝게 웃으며 왁자하게 떠들고 다니는 그들 곁에서 나는 나대로 즐거운 한때를 보내고 있다. 이곳엔 내가 즐겨 찾는 헌책방이 두 곳이나 있고, 연극을 공연하는 장소는 셀 수 없이 많다. 방송통신대 옆 골목에 무더기로 붙어 있는 연극 광고들을 하나하나 눈여겨 살펴본다. 때마침 눈길을 사로잡는 제목이 있다. '시간을 파는 상점' 그 포스터를 한참이나 들여다본다. 재미있을 것 같다.

헌책 한 권을 사 갖고 커피숍에 앉아 잠시 읽다가 이제 집으로 돌아가는 중이다. 아까 본 그 연극 포스터가 눈에 삼삼해진다. 무슨 내용일지, 벌써부터 궁금하다. 얼마면 시간을 살 수 있을까.

우리 인간들에게 주어진 시간은 길어봤자 100년 언저리다. 그마저도 사람마다 수명이 다르다. 어느 누구도 오래 산다는 보장이 없다.

수명을 정해 놓고 사는 게 아니라면 언제 죽는지가 꼭 그 사람만의 운수소관일까. 혹시 신의 섭리 안에는 우리가 깨닫지 못한 총량불변의 법칙이 들어 있는 것은 아닐까. 가령, 사람 수에 일정한 수명을 곱해 놓고 그것이 넘칠 것 같으면, 이건 불경스런 내 생각이지만, 눈치 채지 못하게 나쁜 사람들을 일찍 죽게 만들어 어떻게든 그 총량을 맞추는 것은 혹시 아닐까.

원래 그럴 의도였는데, 목표물이 워낙 머니까 하늘 위에서 굽어보다가 가끔은 오류를 일으키는 건지도 모른다. 운 없으면 죽을 사람 대신에 그 곁에 있는 다른 사람이 일찍 죽는 수가 있다. 착한 사람이나 어린아이가 생각지도 않게 일찍 세상을 떠나는 것을 가끔 보지 않는가. 자기가 얼마나 오래 살지 아무도 모른다. 시간은 누구에게나 소중한 것이다.

요즘 사회 일각에선 취직 못한 젊은이가 많은 것 같다. 학교 졸

업을 미루는 현상까지 생겼다고 한다. 얼마를 더 살지 모르는 우리네 인생인데 6개월이나 1년을 그냥 허비한다는 것이다. 그러느니 시간을 사고파는 상점이 정말로 존재한다면 자신의 불확실한 수명 중 1년을 차라리 그 상점에 팔아 시간의 낭비 없이 풍족하게 살면서, 시간이 필요한 다른 이가 그 시간을 대신 사 갈 수 있게 한다면 그게 서로에게 좋은 일일지도 모르겠다. 사고파는 일은 어디까지나 각자의 결정에 달린 문제이니까 크게 불만할 것도 없고.

1년에 얼마를 보상해 주면 공평할까. 좋은 직장에 취직하면 4천만 원의 연봉을 받는다고 하니 그것보다는 섭섭지 않게 셈을 해 줘야 할 것 같다. 게다가 시간을 파는 상점에도 마진을 남겨 줘야 하니까 적잖은 돈이 들 것이다. 빈부의 차이를 느끼지 않을 정도로 적당히 낮은 금액이면 좋겠다. 나도 살 수만 있다면 조금이라도 미리 사 두고 싶다.

고작 60을 넘겼을 뿐인 나도 이런데, 시간 부족을 절박하게 느끼는 사람들은 얼마나 좋아할까. 너도나도 시간을 사겠다고 아우성을 치겠지. 그 상점 앞에 줄이 길게 늘어서 있는 광경이 눈에 보이는 듯하다. 돈 많은 분들은 10년도 넘는 시간을 한꺼번에 다 사 갈지도 모른다. 그렇게 되면 '유전장수 무전단명'의 불공평한 세상이 될 테니, 생각지 않은 부작용이 일어날 수도 있을 것이다.

기회를 골고루 주기 위해 한 사람이 사 갈 수 있는 최대 시간을 제한해야 할 것 같다. 1년이 아니라 단 몇 달만이라도 더 살 수 있다면 그 정도로라도 괜찮지 않을까. 먼 나라로 여행 떠날 준비를 하기엔 그래도 넉넉한 시간일 테니까. 욕심 많은 사람들에겐 물론 10년도 성에 차지 않겠지만.

어쨌거나 그 상점은 대박 나겠구나. 혼자 속으로 키득키득 웃다가 누가 이런 말도 안 되는 생각을 연극으로 만들었을까 궁금해진다. 어쩌면 이 연극은 우리에게 현실성 없는 내용을 보여 줌으로써 오히려 죽음을 상기시키고, 늘 그것을 기억하며 살라는 의도에서 만들어진 것인지도 모른다.

시간을 파는 가게가 실제로 있어서, '손님이 사 가신 시간이 내일부터 계산됩니다.'라고 예고해 준다면 얼마나 좋을까.

그런 가게는 분명 없을 터. 지금부터라도 '메멘토 모리'를 의식하며 살아야겠다. 아무런 준비도 없이 황망하게 떠나는 것보다는, 이곳에서의 일을 잘 마무리하고 떠나면 조금은 덜 섭섭할 것 아닌가.

9

어디만큼 왔을까

"여보, 어디만큼 왔어요?"

집사람의 물음에 퍼뜩 정신을 차렸다. 차창 밖을 내다보니 눈에 익은 풍경이다. 위치를 알려 주고 다시 눈을 감으려는데, 평소에 자주 듣던 그 물음이 오늘따라 심상치 않게 느껴졌다. 문득 인생길에서의 내 위치가 궁금해졌다. 나는 어디만큼 왔을까?

길어야 인생 백 년. 영겁에 비하면 수유만큼도 안 되는 그 짧은 세월을 바깥세상에 나왔다가 원래의 자리로 되돌아가는 게 바로 인생인 것 같다. 내 나이 이제 60을 넘겼으니, 반환점을 돌아 다시 출발점을 향해 가고 있을 것이다. 집에서 나왔다가 집으로 되돌아가는 길 위 어디쯤에 서 있는 셈이다.

눈에 보이는 길이야, 더구나 나왔다가 되돌아가는 길쯤이야 학습효과가 몸에 배어 있어 나의 굼뜬 의식으로라도 언제든 위치를 쉽게 파악할 수 있다. 하지만 눈으로 볼 수 없는, 딱 한 번 나왔다가 되돌아가는 인생길에서는 내가 어느 위치에 있는지를 늘 가늠하고 있기는 그리 쉽지 않다. 무심코 세월을 흘려보내다가 어쩌다 한 번씩 뒤돌아보면 벌써 이만큼이나 왔나 하는 생각에 쓸쓸함이 마음에 사무치곤 한다.

말이 쉬워 백 년이지, 그 백 년을 채우기가 여간 어렵지 않은 현실 아닌가. 인생길 곳곳에 도사린 위험들을 일일이 예상하며 피해 가기란 쉽지 않다. 보이는 길의 위험은 피해 갈 수 있겠지만 보이지 않는 길의 위험은 피해 갈 수 없다. 세상 사람들과의 우연한 충돌은 내 노력만으로 비껴가기는 어렵다.

동행하던 뭇사람들이 도중에 넘어져 다시 일어나지 못하는 경우를 종종 본다. 그 모습을 곁눈질할 때마다 마음이 무겁다. 아무탈 없이 원래의 자리로 되돌아가야 할 텐데, 그럴 수 있을는지 장담할 수 없다. 그래서일까, "생애의 종점을 출발점에 동일하게 맞출 수 있는 사람은 행복하다."는 괴테의 말에 적잖이 공감한다.

집사람이 내게 어디만큼 왔는지를 묻는 이유는 지극히 평범하다. 저녁상을 준비할 시점을 확인하기 위해서라고 했다. 집으로 돌아가면 분명 '잘 차려진 밥상'이 나를 기다리고 있을 것이다.

한데, 내게 주어진 이 인생길을 무사히 완주하고 나면 무엇이 나를 기다릴까. 먼저 가 계신 어머님은 아실 테지만 여쭈어볼 수도 없고….

하나님이 우리들을 이 세상에 내보내신 데는 분명 어떤 심오한 뜻이 있을 것이다. 그냥 무작정 걸어가 보라 하셨을 것 같지는 않다. 인생길을 걸으며 이런 사람 저런 사람을 우연히 만나게 하여, 그들을 통해 참다운 인생이 무엇인지를 깨우쳐 보라는 의도가 혹시 아니실까. 어쩌면 일종의 시험 같은 것일지도 모른다.

시험을 통과한 사람들 중에도 우열은 있게 마련. 성적이 좋은 사람에게 주는 우수상을 받으려면 인생을 어떻게 보냈느냐가 중요할 것이다. 하지만 지금까지 작성된 내 인생의 시험답안지엔 이런저런 잘못이 많았을 것이다. 우수상은 아무래도 힘들 것 같고, 어려운 인생길을 그저 무사히 완주나 했으면 좋겠다. 그런 사람에게도 뭔가 상을 주시면 좋겠다. 성적과 관계없는 개근상 같은 것일지라도.

남은 인생만이라도 착하고 바르게 살아야겠다. 우수상은 못 받더라도 낙제는 하지 말아야지. 그래야 나중에 어머님 아버님을 뵙더라도 면목이 설 게 아닌가. 앞으론 집사람이 내게 어디만큼 왔느냐고 물을 때마다 내 인생의 위치를 생각해 봐야겠다. 어디만큼 왔는지, 얼마나 올바르게 살았는지 점검해 보며 더욱 조신하게 살아야겠다.

아무 곳에서나 내 인생의 마침표를 찍을 수는 없다. 출발점까지 무사히 돌아가야 한다. 어머님 품으로 돌아가야 한다.

집에 돌아가면 어머니는 내가 굶고 다니는 줄 알고 언제나 밥상부터 차려주셨다. 그리곤 이렇게 말씀하셨다.

"수고 많았다. 시장하지?"

밥상이라 봤자 맨밥에 김치 하나였지만 그렇게 맛있을 수가 없었다. 식사가 끝날 때까지 나를 지켜보며 안쓰러워하시던 어머니. 밥은 그저 입으로만 먹는 게 아니라 차려 준 이의 마음을 음미해 가며 먹어야 제맛이 난다는 것을 이제야 깨우친다.

내가 출발했던 그곳, 어머님 곁으로 돌아가면 늘 그러셨던 것처럼 '맛있는 밥상'을 차려 주실 것이다. 그 밥이 오랜만에 먹고 싶다.

10

아름다움을 생각하라

"좋은 수필을 쓰려면 아름다움을 먼저 생각하라."

원로 수필가께서 새해를 앞두고 엊그제 내게 주신 가르침이었다. 그러시며 이해를 돕기 위해 예를 하나 드셨다.

새벽녘에 6살 손자 애가 이부자리 속으로 기어들어 와 반갑기 짝이 없었다. 그렇게 곁에 계속 있는가 싶더니 금세 빠져나갔다. 평소에 없던 일이라 아침 식사를 하면서 손자에게 할아비 품으로 찾아왔던 연유가 뭐냐고 물으니, 보고 싶어서 그랬다고 하더란다. 그 대답을 듣고 감동했다 하시며, 어린애의 순진한 마음이 얼마나 아름다우냐고 말씀하셨다.

나는 그 어른의 말씀을 실감하기 어려웠다. 아름다움의 개념이 지나치게 넓은 게 아닌가 생각하다가 그만 까맣게 잊어버리고 말았다.

  강남에 볼일이 있어 나갈 채비를 하던 중이었다. 남들이 출근
을 서두르는 이른 아침에 나도 오랜만에 길을 나서려던 참이었
다. 신발을 막 신으려고 하는데, 집사람이 뒤쫓아 나오더니 내게
잠깐만 기다리라고 했다. 전철역까지 데려다주겠다는 것이었다.
그러면서 오늘 날씨가 영하 20도라는데, 이렇게 추운 날에 200미
터가 넘는 버스정류장까지 어떻게 걸어갈 생각을 했느냐고 나무
랐다. 그건 야단치는 게 아니라 걱정하는 것이었다.
  평소와 다름없는 집사람의 행동인데도 오늘따라 왠지 그 마음
씨가 아름답게 느껴졌다. 문득 '아름다움을 생각하라'는 말씀이
떠올랐다. 할아버지가 보고 싶어 새벽녘에 이불 속으로 기어들었
다는 손자 아이의 순진한 대답에서 아름다움을 느꼈다는 게 실감
났다. 그러면서 추운 날씨라고 나를 역에까지 데려다주겠다는 집
사람의 작은 성의에 가슴이 따뜻해져 왔다.
  그 순간 나는 깨달았다. 이런 게 바로 아름다움이라는 것을. 그
랬다. 아름다움이란 겉으로 드러난 예쁘고 고운 것에만 있는 게
아니라, 대상이 무엇이든 그것이 내보이거나 나타낼 수 있는 최
고 최상의 진실 속에, 그리고 순수한 진정 속에 있다는 것을 알게
되었다.
  그러자, 이제까지 살면서 무덤덤하게 지나쳤을 이런 유의 아름

다운 순간들이 내 주변에 얼마나 많았을까 생각하게 되었고, 유심히 느꼈더라면 지나온 내 삶이 지금보다는 조금 더 아름답게 빛났을지 모른다는 생각에 아쉬움이 밀려들었다. 비록 사소한 것이었을망정 내겐 더없이 소중한 추억이자 삶의 보람이었을 텐데, 그것들을 놓치고 어리석게도 삶이 허망하다는 생각만 해왔다는 후회마저 들었다.

'아름다움'을 다시 생각해 본다.

눈으로 보고 귀로 듣는 아름다움은 주로 균형과 조화에서 얻어진다. 이런 것은 일시적인 현상일 뿐 언젠가는 덧없이 사라지고 만다. 그러나 마음으로 느끼는 아름다움은 겉으로 드러나지 않으므로 쉬이 알아챌 수 없지만, 그 대신에 쉽사리 사라지지도 않을 것이다. 인간의 착한 본성에서 우러나오는 진정이기 때문에 사람들의 마음을 울릴 것이고, 그 울림이 클수록 더 오래 머물 것이다.

눈과 귀는 위장과 감언에 현혹되기 쉽지만, 마음은 신통하게도 가식과 진실을 분별하는 능력이 있는 것 같다. 경험으로 보건대, 진실과 진정이 두드려야만 마음의 문이 열리고, 또 울리는 것 같다. 우리는 마음이 울리는 현상을 '감동했다'고 말한다. 그분 손자의 '할아버지가 보고 싶어서'라는 순진한 대답은 말할 것도 없고, 내 아내가 '차로 나를 역에까지 데려다주겠다'는 작은 성의 역시 마음에서 우러난 진정이기 때문에 그 말을 듣는 순간 그분과 나의 마음의 문이 열리고 울린 것일 게다.

그러나 울림은 언젠가는 멎는다. 울리다가 파장이 점점 줄어 느끼지 못할 정도가 되어 버린다. 감동을 오래도록 유지하려면 어딘가에 그것을 기억해 놓았다가 다시 꺼내야만 한다. 그러려면 글로 남기는 게 좋을 것 같다. 사소한 아름다움일지라도 그 감동을 수필로 남겨 오래도록 음미해 봐야겠다.

그분, 원로 수필가의 '아름다움을 먼저 생각하라'는 말씀이 천금 같게 느껴진다. 이제라도 아름다운 감동들을 알뜰히 주워 모으면 언젠가는 내 인생에 적지 않은 보람이 쌓일 것이다.

11

평범한 내 사랑이

우연히 미켈란젤로의 사랑을 알게 되었다. 그가 남긴 소네트[3]가 내 마음을 울렸다.

때로는 오른쪽으로 때로는 왼쪽으로
나는 구원의 길을 찾아 떠나간다.
항상 다리를 휘청거리고 있다.
덕을 택해야 할까, 그렇지 않으면 죄를 택해야 할까
몇 번이나 되풀이하여 동요하면서 고민한다.
그래서 하늘을 보지 않고 나락으로 떨어지는 사람은

---

3 한국문화사 출판, 『예술가의 사생활』 p.85~96

어느 길을 걸어가도 헤매고 만다.

내가 달아날 길을 찾듯이

나의 자유로운 정신이 그 마지막 도정에서

결코 오류의 포로가 되지 않도록,

내가 완전히 장님이 되지 않도록,

나는 친애하는 여주인인 당신 앞에 이 백지를 펴 보이겠소.

당신은 아무쪼록 신성한 필치로

내가 걸어가야 할 길을 가르쳐 주기 바라오.

청정한 사람이 울고 있는 죄인보다

신에게는 바람직한 존재인지 어떤지 알려 주기 바라오.

미켈란젤로는 동성애자로 알려져 있지만 실제로는 그렇지 않았던 것 같다. 다비드처럼 잘생긴 남자를 조각하면서 남성의 신체적 아름다움에 잠시 빠져 있긴 했었지만, 자신의 사랑을 한 여성에게만 바쳤던 것으로 짐작된다. 그렇지 않았다면 그가 이런 내용의 소네트를 썼을 리 없을 것이다.

태초에 하나님이 아담 옆에 성별이 다른 이브를 보내 주신 데는 그럴 만한 이유가 있다고 믿는다. 이성을 붙여 주신 게 어디 인간에게만 해당되는 일인가. 하다못해 동물이나 미물들에게도 암수로 짝을 지어 주시지 않았는가. 그럼에도 이성을 사랑하라는 하나님의 뜻을 거스르면서, 성별을 구분하지 않고 동성과 육체적 사랑을 나누는 것은 어리석은 행위가 아닐까 싶다.

남녀가 만나 서로 사랑을 나누려면 육체적 행동을 하기에 앞서 정신적으로도 좋아하는 마음이 있어야 한다. 그런 마음이 없다면 '진정한' 사랑이라고 볼 수 없다. 그 반대로, 마음으로는 사랑하지만 육체적 행위가 뒤따르지 않는다면 그것도 '온전한' 사랑이라고 볼 수는 없다. 마음과 육체 중 어느 하나로만 사랑하는 것은 반쪽 사랑일 뿐이다.

위 소네트를 쓰게 된 배경을 알아보니, 미켈란젤로는 나이 60에 빅토리아라는 젊은 여성을 알게 되었던 것 같다. 두 사람은 곧 깊이 사랑하는 사이가 되었지만 육체적 관계는 끝내 맺지 않았다고 한다. 소네트에서 보듯 덕을 택해야 할까, 아니면 죄를 택해야 할까를 몇 번이나 망설이며 고민했던 그의 흔적이 역력하다. 미켈란젤로는 마음으로만 사랑했으니 반쪽 사랑을 한 셈이다.

빅토리아가 먼저 죽자, 미켈란젤로가 자신의 심경을 이렇게 토로했다고 한다.

'내가 그녀의 죽음을 지켜봐야 했다는 것과, 그녀의 손에는 키스를 했지만 이마나 얼굴에는 키스해 보지 못했다는 사실이 생각할수록 내 마음을 괴롭힌다. 그녀는 내가 행복하기를 바라고 있었으며 나도 마찬가지였다. 죽음은 내게서 뛰어난 친구를 빼앗아 갔다.'

비 오는 어느 날 밤에 우산도 없이 걸어가던 미켈란젤로. 그것이 그의 마지막 모습이었다고 한다. 나누지 못한 육체적 사랑. 그 미련과 후회가 얼마나 컸으면 그랬을까. 미켈란젤로의 반쪽 사랑이 마음 아프다.

그에 비하면 나는 얼마나 행복한가. 첫눈에 반해 아내를 사랑하고, 함께 살면서 아들딸을 낳아 반평생을 살아왔으니. 그녀와 내가 서로 몸과 마음을 조율하고 있는 지금의 우리 모습이 바로 진정한 사랑의 온전한 모습임을 새삼 깨닫는다.

남들도 하는 평범한 사랑이지만, 그럼에도 오늘은 그런 내 사랑이 왠지 대견스럽다.

12

한 번 더, 가 보고 싶다

언젠가는 꼭 한 번, 다시 가 보고 싶은 곳이 있었다. 뉴욕 주 재원으로 생활하던 시절에 자주 찾아가던 곳이다. 허드슨 강가를 따라 북쪽으로 올라가다 보면 만나게 되는 조용하고 작은 호숫가. 그때 내가 살던 집에서 불과 한 시간 거리에 있었다. 그곳에서 온 가족이 함께 보냈던 추억이 내겐 더없이 소중해 한 번은 더, 꼭 그곳에 가 보고 싶었다.

그때 내 나이 30대 중반. 토끼 같은 아들딸과 사랑스런 아내가 있는 평범한 가정을 꾸리고 있었다. 당시만 해도 미국은 내게 신세계나 다름없었다. 잘 알아듣지 못하는 영어가 주는 '낯섦', 생활 방식이 우리네와 어쩌면 그렇게도 다를까 하는 '호기심', 그리고 사람 마음을 마구 끌어당기는 호사스런 '미제 물건'들도 물론 그러했지만, 내 주제에 자가용이랍시고 중고차 한 대를 구입해 이곳 저곳을 돌아다니며 그림 같은 자연을 감상하는 일이 나는 무척이나 즐거웠다. 사람답게 산다는 게 바로 이런 것이구나 싶었다.

여러 곳들 중에서도 그 호숫가가 특히나 좋았다. 그곳에서 뛰어놀던 애들과, 그 모습을 지켜보며 즐거워하던 집사람. 눈 감으면 보이는 듯하고, 귀 기울이면 웃음소리가 들려오는 듯했다.

그렇게 오매불망 그리워하던 그곳에 드디어 찾아가 볼 기회가 생겼다. 그 시절에 어렸던 아들딸이 이제는 다 자라서, 늙은 애비에게 그곳을 한 번 다녀오라고 여행을 주선해 주었던 것이다. 실로 오랜만에 나와 아내는 그곳을 찾아갔다.

집사람은 단풍이 예전만 못하다고 서운해했다. 그러면서도 이곳저곳을 돌아다니며 옛날 기억을 자기 나름 더듬어 보는 눈치였다. 누런 낙엽이 수북이 쌓여 있었고, 나무에 매달린 단풍잎도 빛깔이 곱지는 않았다. 그 모습을 바라보며 나는 무심코 혼잣말을 했다. "괜찮아. 나도 예전 같지는 않으니까."

세월이 가면 퇴색되기 마련 아니냐는 듯이 볼품없는 모습을 드러낸 호숫가. 쓸쓸함이 감도는 분위기. 나는 그게 오히려 마음에 들었다. 만일에 그곳 모습이 옛날 그때처럼 아름다웠더라면 서러워했을지도 모른다. 산천은 의구한데 나만 이렇게 변해 버렸구나 하며 속으로 울었을지도 모른다.

형상은 아직 그대로이니까 그리 섭섭지는 않았다. 눈이 시리도록 푸른 하늘에 둥실 떠가는 구름 한 조각, 햇빛에 반사된 호수의 은빛 물결. 그것만으로도 충분했다. 옛날 그곳에서 쌓았던 여러 추억들이 현실인 양 생생히 되살아났다. 호숫가를 거닐며 어느덧 그때의 나로 돌아가 있었다.

그때의 나는 한창 젊은 나이였다. 지금의 내 모습을 상상조차 하지 않았을 것이다. 그 젊은이가 자신의 늙어 감과 세월의 덧없음을 생각해야 할 이유도 물론 없었을 뿐더러 자신의 젊음을 한껏 누리기에도 바빠 다른 마음을 가질 여유가 아마 없었을 것이다. 만일 지금의 내 서글픈 심정을 그때의 내가 짐작했다면, 그건 청춘의 불필요한 낭비이거나 자신의 젊음도 이미 지나가고 있다는 증좌였을 것이다.

문득 이런 생각이 들었다. 어쩌면 그때의 나는 '늙음'과 '죽음'과 '퇴색'에 대해 아무것도 느끼지 못하는 그런 젊은이였기 때문에 지금의 내가 그 시절의 나를 더 애타게 그리워하는 건지도 모른다고….

누렇게 변한 낙엽 한 잎이 바람에 실려 내 앞에 떨어졌다. 산다는 게 다 이런 것 아니냐는 듯이. 또 한 잎이 나풀거리며 내 품에 날아들었다. 자신의 생애가 비록 짧지만 그 나름 의미가 아주 없던 것은 아니라는 듯이. 말 못하는 낙엽으로서는 그런 춤사위로

밖에 자신의 마음을 표현하지 못했으리라.

나는 그 낙엽에게 말했다. "잘 가라. 네 모습은 내가 잘 기억하고 있겠다." 땅 위에 누운 낙엽이 내 말을 알아들을 수 있는지는 모르겠지만 나도 머잖아 그와 비슷한 신세가 될 테니까, 그냥 모른 척 지나칠 수는 없었다. 문득 나의 이런 독백이 허공을 떠돌다가 메아리가 될지도 모른다는 생각이 들었다.

나마저 땅에 누우면 먼 훗날이 될 그때도 한 줌의 메아리로 변한 내 독백이 바로 그곳을 떠돌아다닐 것만 같았다. 누군가가 귀기울여 이 메아리를 듣는다면 나의 말이, 아니 내 마음이 고스란히 그에게 전달될는지도 모른다는 생각이 들었다. 그러고는 이렇게 내 스스로 믿어 보는 것이었다.

'그렇다. 큰 소리로 외쳐 불러야만 메아리가 되는 건 아닐 것이다. 메아리란 되울려오는 소리의 파장이니 아무리 작은 독백이라도 메아리가 될 수는 있을 게다. 소리의 파장이 작으면 작은 대로 계속 울려 갈 것이고, 그것이 산과 바위, 그 어느 물체에 부딪치면 메아리가 되어 되울려올 것이다. 지금의 내 작은 혼잣말도 우리들 귀에는 잘 들리지 않을지라도 분명 이곳 어딘가에 그 파장이 계속 맴돌고 있을 게다. 메아리가 되어 울려 퍼져 가다가 어느 물체에 부딪쳐 되돌아오고, 다시 부딪쳐 되돌아가고…. 그런 순환을 반복하고 있을 것이다. 그 파장이 점점 작아질지언정 끝내 사라져 버리는 건 분명 아닐 것이다.'

이런 믿음을 전제로 하여, 나는 다시 내 아이들에게 바라는 작은 희망을 생각해 본다.

'우리들 귀에는 아무것도 들리지 않는 소리의 파장도 찾아내고 확대해서 듣는 게 요즘의 방송통신기술이니까, 어쩌면 메아리가 된 나의 독백도 먼 훗날 언젠가는 내 아이들이 들을 수 있게 될지도 모른다. 하지만 나는 내 아이들이 그런 과학기술에 의존해 내 말을 듣지 않기를 바란다. 귀 기울여도 잘 들리지 않는다면 마음으로 들어 주기를 바란다. 그 옛날 이곳에서 애비와 함께 교감했던 여러 일들을 잘 떠올리면 애비가 지금 남기는 말을, 아니 지금의 애비 심정을 그리 어렵지 않게 이해할 수 있을 것이다. 나는 그렇게 믿고 싶다.'

그런 믿음과 희망을 안고, 나는 오랜만에 그곳을 다시 찾은 감회와 소감 그리고 애들에게 거는 희망을 두서없이 말해 보았다. 내 말들이 메아리가 되어 오래도록 남기를 바라며, 먼 훗날 언젠가 내 아이들이 내가 그곳에 찾아가서 이런 말들을 남겼다는 것을 알고는 한 번이라도 더 애비를, 아니 애비의 마음을 느껴 봐 주기를 진정 바랐던 것이다. 그러고는 언제 다시 찾아오겠다는 기약조차 남기지 못하고 아쉬운 마음으로 그곳을 떠나왔다.

나는 지금 나의 집, 거실 창가에 다시 서 있다. 옛날에 고왔던 그곳의 단풍 모습이 눈에 밟힌다. 아이들이 뛰어다니며 웃고 재

깔거리던 소리가 들려오는 듯하다. 그땐 나도 집사람도 참 좋았던 시절이었는데….

그곳에 한 번 더, 가 보고 싶다. 아니, 아예 그 시절로 되돌아가고 싶다.

2

늙은 바나나

같은 병을 앓아야 그 아픔을 이해한다지요. 늙은 바나나가 되어서야 비로소 엄마 마음을 이해하게 되었습니다. 아무리 속상해도 참을 수밖에 없는, 주체할 수 없는 자신의 사랑을 이젠 저도 압니다. …… '사랑은 주는 것'이라는 말의 심오한 뜻이 헤아려지면서 자꾸만 주고 싶어집니다.

1

궁금한, 아버지 이야기

젊은이들로 북적이는 대학로. 오늘도 그 거리를 나 홀로 걷고 있었다. 이 골목 저 골목을 기웃거리던 중 '다방' 간판에 눈길이 갔다. 카페가 대세인 요즘 세상에 웬 다방일까. 이름을 살펴보니 말로만 듣던 '학림다방'이었다.

플래카드에 쓰인 '60주년'과 '1956년'이란 두 단어가 내 마음을 사로잡았다. 1956년이면 아버님이 살아 계셨을 때가 아닌가. 어쩌면 이 다방에 다녀가셨을지도 모른다. 그냥 지나칠 수 없었다. 다방에 들어가 커피 한 잔을 시켜 놓고, 잠시 아버님을 그린다.

1957년, 내가 4살 때 아버님이 돌아가셨다. 안타깝게도 아버님에 대해 기억나는 게 별로 없다. 커서 어머님에게 물어봐도 대답하지 않으셨다. 간신히 아물고 있는 마음의 상처를 건드리는 것 같아 늘 조심스러웠다. 여쭙지 않아도 언젠가는 알려 주시겠지, 그렇게 생각했었다. 그래도 몇 가지 사실은 주워들어 알고 있었다. 할머니가 가끔 내 손을 붙잡고 옛날을 회상하시곤 했었기 때문이다.

아버님은 학교 선생님이셨다. 글도 잘 쓰고, 노래도 잘하고, 장구도 잘 치셨다. 머리가 좋기로 온 동네에 이름이 나셨다. 문중에서는 유일하게 고등교육을 마치셨다. 청주에 피난 내려가 교편을 잡고 있다가 어머님을 만나 결혼하셨고, 전쟁이 끝나자마자 서울로 다시 올라와 명륜동에서 사셨다. 낮에는 혜화동 로터리에서 서점을 운영하셨고, 밤에는 서재에서 '낙랑공주와 호동왕자' 같은 희곡을 쓰셨다.

어린 나를 안고 서 있는 아버님 사진을 본 기억이 있다. 그 안에 세발자전거가 있었다. 그때 나는 서점 앞에서 자전거를 타고 있었던 모양이다. 그 사진이 지금은 어디로 가 버렸는지 알 길이 없다. 없어진 것은 그뿐만이 아니었다. 중학교에 다닐 때까지도 어머님의 보퉁이 속엔 아버님의 유품이 여럿 남아 있었다. 한데, 지금 내 수중엔 아무것도 없다.

어머님이 아버님 얘기를 꺼내지 않으셨던 것은 옛날 기억을 애써 지우고 싶어 하셨던 때문이 아니었을까. 어머님에겐 일찍 떠나신 아버님이 생각할수록 야속하기만 한 남편이었을지 모른다.

설령 그러셨더라도 돌아가시기 전에 알려 주셨더라면, 하다못해 유품 몇 개라도 남겨 주셨더라면 좋았을 텐데…. 참 아쉽다.

큰아버지를 뵈었을 때도 아버님이 일찍 돌아가신 게 너무나 애석하다고 눈시울만 붉히셨다. 기억에 남을 만한 얘기는 아무것도 들려주지 않으셨다. 아버님 사진이 없어 늘 안타깝던 차에 청주에 사는 고모가 자신이 소장해 왔던 사진 몇 장을 보내 주셨다. 학창 시절 때 사진, 신혼 시절에 어머님과 함께 찍은 사진, 발가벗고 앉아 있는 나를 쳐다보며 웃고 있는 사진 등이었다.

동생에게 사진 2장을 나눠 주었다. 아버님 모습을 보게 된 것을 좋아했다. 사진 안에 자기 모습이 없는 게 안타깝다는 말도 했다. 나보다 더 아버지를 닮았다고 말하니까, 그것으로 위안을 삼는 눈치였다. 괜히 미안해졌다. 나는 속으로 어머님이 배 속에 동생을 품고 계실 때 아버님을 많이 생각하셨나 보다 했다.

아무리 더듬어 보아도 더 이상 기억나는 게 없다. 그래도 잠시 더 앉아, 이 다방 어느 구석에 앉아서 누군가와 얘기를 나누셨을 아버님의 모습을 마음속으로 그려 본다.

1956년이면 다방이 흔치 않았던 시절이다. 이 다방이 옛날 서울대학교 바로 앞에 있었기 때문에 젊은 사람이라면 누구나 한 번쯤은 들러 차 한 잔을 하였을 것이다. 더구나 이곳은 문인들이 즐겨 찾았다는 센 강과 미라보 다리 근처가 아닌가. 게다가 집에서 멀지 않고 서점에서도 가까운 곳이니 서른둘, 젊은 나이의 문인이셨던 아버님이 이곳을 그냥 지나쳤을 리 없을 것이다.

다방 안을 유심히 둘러본다. 탁자며 의자는 모두 옛날 목재들이다. 손때가 묻어 있다. 종업원에게 물으니, 주인이 여러 번 바뀌었다고 한다. 그럼에도 용하게 옛 모습을 유지하고 있다. 다방은 여기 이렇게 남아 있는데 아버님은 가고 없으시다 생각하니 새삼 서글퍼진다.

세월은 저 홀로 흘러가는 게 아니다. 가고 나면 누군가가 떠나고 없다. 떠난 이가 남긴 이야기만이 허공을 떠돈다. 그것마저 없다면 우리는 무엇을 끌어안고 그를 그리워하나. 학림다방, 이곳에서나마 그분의 옛이야기를 들을 수 있어 좋지 않은가. 그것이비록 서러운 내용일망정.

그리고 보니 이곳엔 31살 젊은 나이에 세상을 등진 전혜린이 남기고 간 이야기가 떠돈다. 떠나기 전날 밤, 그녀가 학림다방에 남긴 메모엔 이렇게 쓰여 있었다고 한다. '나는 두렵다. 나는 죽고 싶지 않다. 생은 귀중하고 단 하나다. 그리고 나는 실컷 살지 못했다.' 살고 싶은데도 떠나야만 할 사정이 그녀에게 있었던 것일까. 아니면 하나님이 갑자기 부르신 걸까. 어린 딸을 홀로 두고 떠나는 마음이 얼마나 아팠을까.

아버님도 그녀와 비슷한 나이에 돌아가셨다. 한밤중에 글을 쓰시다가 갑자기 쓰러지셨다고 했다. 아버님은 그때, 떠나기를 원치 않으셨을 것이다. 어머님 배 속에 있던 동생을 보지도 않고 그냥 떠나셨을 리 없다. 그럼에도 떠나야만 했으니 그 마음이 오죽이나 아프셨을까. 원하든 원하지 않든, 하나님이 부르시면 아무 때나 속절없이 떠나야 하는 우리들의 운명이 너무나 서글프다.

내가 모르는 아버님의 이야기가 궁금하다. 이곳 학림다방엔 없더라도 다른 곳엔 혹시 남아 있을지 모른다. 하면, 이렇게 넋 놓고 있을 게 아니라, 아버님이 근무하셨다는 학교가 어딘지부터 알아봐야겠다. 60년 전의 일이니, 이 사실조차도 아실 만한 분은 이제 거의 없다.

청주 고모는 살아 계시니까, 빨리 찾아가 여쭈어 봐야겠다. 어쩌면 지금이 마지막 기회일지도 모른다. 마음이 급해진다.

'연세가 아흔쯤 되셨을 텐데, 옛날 일을 기억하시려나?'

2

소낙비

번쩍번쩍, 우르르쿵쾅, 쏴아아.

멀리서 먹구름이 삽시간에 몰려와 멀쩡한 하늘을 시커멓게 뒤덮더니, 누가 도끼로 내려찍었는지 번쩍하면서, 한쪽 모퉁이가 깨어진 듯 요란한 굉음을 낸다. 잠시 후 빗물이란 빗물은 모두 그 밑으로 마구 쏟아져 내린다.

더위에 막혔던 숨구멍이 이제야 활짝 열린 듯하다. 온몸이 급격하게 시원해지면서 생기가 다시 솟는다. 아! 드디어 살 것 같다.

땀이 비 오듯 하고 몸이 흐물흐물해지며 정신마저 몽롱해져 가고 있었다. 그야말로 쓰러지기 직전이었다. 나무도, 땅도, 심지어 건물 외벽까지도 제 빛깔을 잃어 가고 있었다. 후텁지근한 열기 속에 세상은 서서히 희미해져 가고 있었다. 이대로 메말라 가다간 머잖아 모두 먼지로 변해 버릴 것 같았다.

더 이상 견디기 어려워 곧 죽을 것 같던 때에 다행히 소낙비가 내린 것이다. 얼마나 반가운지, 나는 그 빗속으로 뛰쳐나갔다. 온몸에 비를 맞으며 더덩실 춤을 추었다. 세차게 내리는 빗방울이 온몸을 흥건히 적시고, 연이어 몽롱해진 의식마저 흔들어 깨웠다. 맑고 시원한 느낌이 충만해지자 그제야 살 것 같았다.

한동안 눈앞이 안 보이게 쏟아져 내리던 비가 어느 순간 뚝 그쳤다. 사위를 둘러보니, 나 혼자만 이 소낙비가 반가웠던 게 아니었나 보다. 나무도, 땅도, 집도 어느새 제 빛깔로 돌아와 있었다. 푸르던 것은 더 푸르게, 흐리멍덩해진 것은 다시 분명하게, 먼지 하나 없이 맑아진 세상이 되었다. 이제는 온 세상에 생기가 넘쳐 흐른다.

불쑥 찾아왔다가 간다는 말도 없이 홀쩍 떠나간 소낙비. 그 뒷모습이 얼마나 맑고 깨끗한지. 그의 시원스런 행보에 왠지 마음이 끌린다. 죽어 가던 생명을 살려 놓았으니 뭔가 사례를 요구할 법도 한데, 그에겐 도시 그럴 생각이 없는 것 같다. 일단 오기만 하면 오래도록 눌러앉아 되돌아갈 생각을 전혀 하지 않는 장마와는 격이 다르다.

소낙비는 저 스스로 때를 알고 찾아와 목마른 갈증을 시원하게 풀어 주고는, 돌아갈 때도 아무런 부담을 주지 않고 표연히 떠나간다. 그런 멋진 친구가 내 곁에 있다면 얼마나 좋을까. 그러면 이렇게까지 외롭지는 않을 텐데….

60여 년을 살아오면서 수없이 많은 친구를 사귀었다. 소낙비만큼이나 멋진 친구도 더러는 있었다. 지금은 만날 수 없기에 더욱 애틋하게 그리워진다.

외할머니 댁에서 살 때 만났던 친구가 제일 먼저 생각난다. 6살, 어린 나이였으니 감히 우정을 운위할 순 없겠지만 서로 마음을 터놓고 좋아했었던 것 같다. 보고 싶을 땐 한겨울에도 100미터가 넘는 긴 눈밭을 맨발로 뛰어가고 오며 때 없이 만나곤 했었으니까. 국민학교에 입학하기 위해 내가 엄마 집으로 돌아온 지 얼마 안 되어 그 친구는 부모를 따라 미국으로 이민을 가 버렸다.

중학교 시절에 만났던 친구도 생각난다. 자기 집에 나를 불러 함께 공부하며 내게 난생 처음으로 팝송을 들려줬었다. 나랑은 사는 형편이 크게 달랐지만 전혀 개의치 않았던 작은 신사였다. 만나서 함께 공부하고, 같이 노래 부르고, 야구공을 서로 던지고 받고…. 나에게 즐거운 추억을 가장 많이 선사해 준 그 친구는 진학의 길이 달라 헤어진 후에 지금까지 소식이 닿지 않는다.

사회에 첫발을 내딛으며 만난 입사 동기 친구는 군에 입대한 후 사고로 먼저 하늘나라로 가 버렸다. 소낙비만큼이나 멋진 친구였는데 정말 안타깝다. 그 친구 말고도 회사 업무라는 특별한 이해

관계를 배경으로 알게 된 좋은 친구가 많았다. 서로에게 인간적인 호감을 갖고 기분 좋게 만난 우정 어린 친구들이었다. 정년이 되자 다들 뿔뿔이 흩어져 버렸다. 이제는 만나기가 쉽지 않다. 보고 싶을 때 볼 수가 없다.

오늘따라 친구가 그립다. 친구와 정을 나누던 옛날이 그립다. 소낙비가 다녀가 몸은 이제 살 것 같은데 마음은 여전히 외롭다. 이럴 때 누가 소낙비처럼 불현듯 찾아와 준다면 얼마나 좋을까. 백지 같이 맑은 하늘에 그리운 친구 얼굴을 하나씩 떠올려 본다. 그들도 나처럼, 내가 저에게로 불쑥 찾아가 주기를 바라고 있는 것은 혹시 아닐까.

아마 그렇겠지. 그러면 이렇게 기다리고만 있을 게 아니라 수소문해서라도 내가 먼저 그들을 찾아가 봐야 하지 않을까. 소낙비 같은 멋진 친구, 누구 없을까 하며 나처럼 목마르게 기다리고 있을지도 모르는데….

3

늙은 바나나

바나나 좋아하십니까?

저는 좋아합니다. 곁에 없으면 안 될 정도로 아주 많이 좋아합니다. 왜 그럴까, 그 이유를 저 나름 생각해 보는 중입니다.

생김새부터가 마음에 듭니다. 낱개로 떨어져 있지 않고 여러 개가 한데 붙어 손바닥을 오므린 것처럼 보이는 모양이 흥미롭습니다. 운동을 많이 한 젊은 사람의 피부처럼 탄력 있고 매끈한 껍질은 매력 만점이지요. 색깔도 그저 노란색이 아니라 뭔가 모를 세련미가 느껴지는 노란색이 아닙니까. 아무리 생각해 봐도 바나나만큼 멋진 과일은 없을 것 같습니다.

맛도 물론 좋습니다. 달면서도 자극적이지 않고 깊은 맛이 납니다. 파란 것은 보기엔 좋아 보여도 설익어서 별 맛이 없습니다. 노란 것은 익기는 했는데 단맛이 조금은 부족하고요. 시간을 두고 바람에 적당히 삭혀진 누런 것들이 맛이 좋습니다. 달고 부드럽습니다. 누렇다 못해 갈색 반점이 얼굴에 듬성듬성 박힌 늙은 바나나를 저는 제일로 좋아합니다. 그게 사실은 더 맛이 있거든요. 한번 드셔 보세요. 먹어 보기 전엔 그 맛을 알 수 없으니까요.

제가 늙은 바나나를 좋아하게 된 지는 그리 오래되지 않았습니다. 그 겉모습이 요즘의 제 모습과 닮은 데가 있어 안타까운 마음이 들기도 하고, 버리자니 아깝기도 해서 한번 먹어 본 것이 시작이었습니다. 지금은 곁에 없어서는 안 될 간식이 되었지요.

네, 상상하신 대로입니다. 제 나이, 60대 중반입니다. 누런 피부에 검버섯이 군데군데 피어 있습니다. 몸은 늙어 볼품없이 되었는데도 제 안엔 예전에 미처 알지 못했던 감성들로 충만해 있습니다. 그리움과 외로움, 슬픔, 그리고 누군가를 사랑하고픈 마음으로 가득 차 있습니다. 늙은 바나나가 겉모습과 다르게 깊은 맛을 안에 간직하고 있듯이, 그렇게 말이지요.

늙은 바나나를 먹다 보면 세월의 빠름과 인생의 무상함을 느끼게 되면서 한동안 감상에 젖어들곤 합니다. 저도 모르게 제 나이를 의식하게 되고, 기억 속에 묻혀 있던 옛날의 일들이 불현듯 생각나서 곁에 없는 엄마를 그리워하다가, 외롭다는 생각에 사로잡혀 남몰래 슬퍼하곤 합니다. 그러다가 제 주변을 지나쳐 가는 아이들을 보며 잠시 잃었던 웃음을 되찾곤 합니다.

오늘은 먹다가 이런 일이 떠올랐습니다.

정릉 산동네; 허름한 단독주택에 엄마와 동생 그리고 제가 살고 있었습니다. 이십 수년을 셋방살이만 하다가 은행에서 대출을 받아 처음으로 장만한 집이었지요. 방은 셋인데, 큰 방은 전세를 주고 작은 방 두 개 중 하나는 엄마와 동생이, 다른 하나는 제가 지냈습니다. 큰 방과 작은 방 사이에 조붓한 마루가 있었는데, 마루 한쪽 끝은 부엌이고 다른 쪽 끝은 곧바로 하늘이 보이는 바깥이었습니다.

어느 추운 겨울날이었습니다. 마루 끝, 땅바닥에 신발장도 없이 각자 신는 신발 한 컬레씩이 놓여 있었습니다. 출근하려고 보니 엄마가 서 계셨어요. 얼어붙은 제 구두를 젖가슴 사이에 품고 맨살로 녹이며 제가 나오기만을 기다리고 계셨습니다. 그런 엄마에게 저는 출근길이 바쁘다며 신발을 빨리 꺼내 놓으라고 핀잔만 주었습니다. 품에서 꺼내 놓기 무섭게 신고 휭하니 집을 나섰습니다.

곰곰이 헤아려 보니, 그때 엄마는 50대 중반이셨습니다. 남편 없이 홀로 자식들을 키우느라 일찍부터 겉모습이 볼품없게 되셨지요. 저에게 퉁바리를 맞으면서도 얼어붙은 신발을 매일 안고 계셨던 것을 생각하면 엄마는 불만이나 원망 같은 불순물이 하나도 없는, 순도 높은 사랑을 마음 가득히 지니셨던 게 분명합니다. 이른 나이에 벌써 늙은 바나나가 되셨던 모양입니다.

천년만년 살 것 같았던 엄마는 제가 쉰 살이 될 무렵에 세상을 떠나셨습니다. 그때까지도 저는 사랑받는 법을 깨닫지 못했습니다. 속으로 많이 실망하셨을 텐데, 엄마는 한 번도 내색하지 않으시고 사랑을 계속 주시기만 하셨지요. 새파랗게 어린 시절엔 철이 없어 몰랐고, 윤기가 노랗게 자르르 돌던 젊은 시절엔 미숙해서 몰랐다지만 세월이 흘러 누렇게 변한 중년 시절엔 엄마의 사랑을 왜, 좀 더 살뜰히 받아들이지 못했는지 자꾸 후회됩니다.

같은 병을 앓아야 그 아픔을 이해한다지요. 늙은 바나나가 되어서야 비로소 엄마 마음을 이해하게 되었습니다. 아무리 속상해도 참을 수밖에 없는, 주체할 수 없는 자신의 사랑을 이젠 저도 압니다. 저도 요즘은 점점 엄마를 닮아 갑니다. 애들이 귀찮다고 아무리 퉁바리를 줘도 그다지 고깝게 느껴지지 않습니다. 오히려 '사랑은 주는 것'이라는 말의 심오한 뜻이 헤아려지면서 자꾸만 주고 싶어집니다.

애들에게 사랑을 주다 보니 '나도 이렇게 사랑을 받았겠구나.' 하는 생각이 들면서 옛날에 사랑받았던 기억들이 하나둘 되살아납니다. 그러면 한동안은 행복해 있다가, 그 시절로 되돌아갈 수 없는 슬픔을 느끼며 엄마가 보고 싶어지고, 엄마의 사랑이 절절하게 다시 그리워집니다. 이런 일이 반복되다 보니 사랑받은 기억이 이젠 제법 많아졌습니다.

'사랑이 없으면 내가 아무것도 아니다.'라는 말씀이 새삼 마음에 와 닿습니다.

늙은 바나나, 겉모습과 다르게 속은 꿀로 가득 차 있습니다. 한번 드셔 보세요. 저처럼 곧 좋아하게 되실 거예요.

<u>4</u>

지금처럼 둘이 함께

일기예보에 따르면, 오늘 아침 대관령이 영하 8.5도. 그 외 전국 곳곳이 영하의 날씨라 한다. 수도관이 동파될 위험이 있으니 사고 나지 않도록 잘 대비하라는 당부까지 곁들였다.

미리미리 점검해서 사고를 예방하라는 고마운 말씀인 것 같은데, 정작 나는 어떻게 해야 동파 위험을 피할 수 있는지 잘 모른다. 그저 물을 조금씩 흘려 놓아야 수도관이 얼지 않는다는 것 말고는 아는 게 별로 없다. 60년을 넘게 살았는데도 그런 생활 상식조차 모르고 있다니, 내 자신이 참 한심스럽다.

그나저나 달력은 아직 가을에 머물러 있는데 왜 벌써 이런 강추위가 들이닥쳤을까. 러시아에 있는 찬 고기압이 내려와 어쩌고저쩌고 설명하지만, 그런 말들은 내 귀에 잘 들어오지 않는다. 그 이유를 이해해 봤자 무슨 소용인가. 내게는 수도관도 문제지만 몸이 더 문제다. 어떻게든 몸성히 이 겨울을 나야 할 텐데 하는 생각뿐이다.

내 인생도 가을이다. 겨울은 분명 아직 멀다. 그런데도 육신은 벌써 속 빈 강정이 되어 버렸는지 온몸이 쑤신다. 성능이 영 시원치 않다. 조금만 더 추워지면 고장이 날 것 같다. 지금도 이러니 겨울이 들이닥치면 어떻게 될까. 안 그래도 걱정스러운데, 기상 캐스터에게서 들었던 '사고', '동파', '위험' 등의 어휘가 마음에 계속 걸린다.

그 '수도관'이란 것이 사람으로 말하면 '몸'이나 마찬가지 아닌가. 오래될수록 노후하기 마련이고, 노후할수록 고장 날 위험은 그만큼 더 커지는 법이다. 어찌 보면 수도관과 몸은 이 점에서 꽤 유사하다. 그러나 수도관은 동파되면 부품을 갈아 끼우기라도 하지, 사람의 몸은 갈아 끼울 수도 없지 않은가. 사람의 몸이란 수도관만큼도 못 되는 물건(?)일지도 모른다.

그래서 그런 열등함을 만회하라는 의미로 하나님이 우리에게 '생각하는 힘'을 주신 것은 혹시 아닐까. 몸은 비록 갈대만큼이나 나약하지만 생각을 잘 해서 오래오래 살아남으라고. 어쩌면 기상 캐스터의 말을 빌려 우리에게 속 깊은 뜻을 전하고 계시는지도 모른다. 어쨌건 수도관 동파 문제와는 별개로 내 몸 또한 겨울나기를 미리미리 준비해 둬야 할 것 같다.

간밤의 일이 불현듯 떠올랐다.

창문을 울리는 바람 소리에 여지없이 잠이 또 깨고 말았다. 누운 자세로, 가늘게 실눈을 뜨고 창밖을 보니 여전히 칠흑같이 어두웠다. 날이 밝기에는 아직 먼 것 같았다. 더 자야지 생각하며 도로 눈을 감고 억지로 잠을 청해 보려는데 옆구리가 왠지 허전했다. 시큰하고 서늘했다. 왜 그럴까 싶어 손으로 더듬어 보니, 곁에 누워 있어야 할 집사람이 잡히지 않는 것이었다.

아니, 이 한밤중에 어딜 갔을까? 궁금함 때문에 잠은 오지 않고 정신은 되레 또렷해졌다. 몸을 일으키려고 했지만 침대에 몸이 들러붙어 움직여지지 않았다. 일어나기를 포기하고, 이불을 도로 끌어안으며 억지로라도 잠을 자 보려던 중이었다. 방문이 사르르 열리는 기척이 느껴졌다. 눈길이 방문 쪽을 향했다. 곧이어 빠끔 열린 문틈 사이로 얼굴을 들이미는 집사람이 보였다. 도둑고양이처럼 소리 죽이며 한 걸음씩 잠자리로 다가오고 있었다.

살금살금 걷는 동작을 지켜보다가 참지 못하고 말을 걸었다. "여보, 거기서 뭐 해? 어서 들어오지 않고." 그러자 아내가 "아! 안 자고 있었어요?" 하며 배시시 웃는 것이었다. 이불자락을 들어올리며 "응, 얼른 이리루 들어와. 춥잖아." 하니까, "아까 12시쯤에 잠이 깼는데, 당신이 깰까 봐 밖에 나가 있었어요. 테레비

보면서…. 어휴, 추워." 하며 얼른 이불 속으로 들어와 곁에 누웠다. 아내를 끌어안고 몸을 비벼 그녀의 잠옷에 묻은 찬 기운을 털어 주고는 손을 꼬옥 잡아 주었다. 얼마 안 있어 아내는 쌔근쌔근 잠들었다. 나도 곧이어 잠들었다.

아내가 한밤중에 깨어나 안절부절못했던 것은 그녀도 나처럼 가을에 접어든 지 오래라는 신호일 것이다. 이제부터는 나만 아니라 아내도 살펴봐야겠다. 그녀의 허전하고 차가운 마음을 따뜻이 감싸 안으며, 노후한 몸에도 가벼운 운동이나마 자주 하도록 격려해야겠다. 수도관이 얼어터지지 않도록 보온해 주고 물도 조금씩 흘려보내듯이, 그렇게 곁에서 잘 돌봐 줘야겠다.

회춘까지는 바라지 않더라도 겨울만큼은 온전히 누린 후에 떠나고 싶다. 누구의 말대로 겨울은, 아니 노년은 '하늘이 주신 선물'이라는데, 그 좋은 시절을 나만 혼자 누릴 순 없다. 아내도 같이 누려야지. 지금처럼 둘이 함께.

5

노년에 찾아온 사랑

이 나이에 내가 사랑하고 있다면 사람들이 과연 믿을까. 믿기지 않겠지만 나에겐 부인할 수 없는 현실이다. 주말이면 어김없이 찾아오는 손자, 구윤이와 사랑을 나눈 지 이미 오래다.

아들 며느리는 어린 것을 나와 집사람에게 맡기고 외출한다. 밥 먹을 때만 집에 들어온다. 며느리는 대학원에 다니고, 아들은 무슨 자격시험을 준비한다며 근처 도서관에서 온종일 공부만 한다. 손자에게 맘마를 먹이는 일은 집사람이 하고 나는 같이 놀아주기만 하면 된다는데, 할아비가 되어서 그 정도의 청을 모른 척할 수는 없다.

드러누워 있거나 엉금엉금 길 때는 그래도 전쟁 같지는 않았다. 곁에 붙어 앉아서 눈을 맞추며 그냥 "까꿍"만 하면 되었다.

그러던 것이 언제부턴가 어설프게 일어나 앉더니 금세 뒤뚱거리며 걷기 시작하였다. 그때부터 전쟁의 조짐이 보였다.

넘어질까 봐 가끔 안아 줬는데, 지금은 뛰어다니는데도 계속 안아 달라고 조른다. 두 팔을 들어 올리며 안아 달라고 하는 그 애의 얼굴 표정이 너무나 간절해 차마 모른 체할 수가 없다. 안고 있다가 도로 내려놓으려고만 하면 내게서 떨어지지 않으려고 몸부림을 친다. 이제는 몸이 꽤나 무거워져 잠깐만 안고 있어도 어깻죽지와 허리, 팔다리가 저려 온다.

안겨서 가만히만 있어도 좋겠는데, 마치 말 탄 것처럼 이리 가자 저리 가자 하며 몸을 쓰는 통에 아주 죽겠다. 잠깐을 안고 있어도 '일각이 여삼추'란 말이 실감날 정도로 정말 힘들다. 내려놓자니 구윤이가 울고, 안고 있자니 내가 울 지경이다. 사랑을 하는 건지 전쟁을 하는 건지 잘 모르겠다.

아파트 단지를 돌아다니다 보면 아는 사람 한둘쯤은 마주치게 마련이다. 다들 구윤이가 귀엽다고 한 번만 안아 보자고 한다. 은근슬쩍 그분들에게 아이를 떠넘기려고만 하면 녀석이 내 몸에 찰싹 달라붙어 도무지 건너갈 생각을 하지 않는다. 억지로라도 안아 보게 하려면 도리질하며 울어 대니 번번이 실패다. 그럴 때면 잠시만이라도 쉬어 보려는 속내를 들킨 것 같아 민망하다.

심지어는 제 엄마 아빠한테조차 안길 생각이 전혀 없다. 그럴 기미만 보여도 고개를 가로젓는다. 내게만 안아 달라고 떼를 쓰는 손자 아이가 야속하다가도 그 어린 것의 눈빛만 보면 '내가 죽더라도 너 하나쯤이야 돌봐 주지 못하겠냐?' 하는 심정이 들곤 한다. 그러고는 없는 힘마저 쥐어짜 한껏 버텨 보는 것이다.

이렇게 토요일 일요일, 이틀을 보내고 나면 그야말로 파김치가 되어 사지를 축 늘어뜨리게 된다. 일주일에 이틀 돌보기도 어려운데, 다음 주에는 며느리가 학기말고사를 준비한다고 닷새나 연거푸 애를 맡긴다고 하니 정말 큰일이다. 한 살짜리 어린애와 싸움 같지도 않은 전쟁을 하면서 매번 패하는 것만 같아, '내가 벌써 이럴 나이가 됐나!' 하는 서글픈 심정이 자꾸 든다. 언제까지 이 애를 안아 줘야 할는지 속으로 걱정이 태산 같다. 전쟁은 하지 말고 사랑만 할 수 있다면 좋으련만.

오늘도 구윤이와 전쟁 같은 사랑을 치렀다. 몸이 너무 아파 침대에 푹 쓰러져 있다. TV에서 노래가 흘러나온다. 가수 임재범이 오랜만에 출연해 〈너를 위해〉를 부르고 있다.

"날 세상에서 제대로 살게 해 줄 유일한 사람이 너라는 걸 알아. 나 후회 없이 살아가기 위해 너를 붙잡아야 할 테지만. 내 거친 생각과 불안한 눈빛과, 그걸 지켜보는 너. 그건 아마도 전쟁 같은 사랑…."

노래는 끝났는데 노랫말이 입에 붙어 한동안 떨어지지 않는다. 이러는 건 아마도 나를 이 세상에서 제대로 살게 해 줄 사람이 구윤이, 그 애라는 걸 알기 때문이고, 전쟁하지 않고 사랑만 할 수는 없다는 것을 몸소 겪고 있기 때문일 것이다. 그리고 이 사랑도 언젠가는 그리워할 날이 오고야 말 것임을 너무나도 잘 알기 때문일 것이다.

구윤이의 밝게 웃는 모습이 눈에 밟힌다. 그 애가 또 보고 싶다. 노년에 찾아온 이 사랑을 어이하랴. 온몸을 바쳐서라도 해야지.

6

길, 그 망설임

가끔 종로나 남대문로에 홀로 서서 지나가는 사람들을 물끄러미 바라볼 때가 있다. 그들 틈에 끼어 특정한 방향도 없이 이리저리 방황해 보기도 한다. 은퇴 후 할 일이 없는 나는 이렇게라도 해서 시간을 보낼 때가 있다. 지금처럼 살아가는 게 과연 인생을 제대로 사는 것인지 회의하면서, 다른 한편으로 이 나이에 내가 무슨 일을 할 수 있을까 고민도 하면서, 어디로 갈 것인지 내 나름 길을 모색해 보곤 한다.

오늘도 길에서 시간을 보내고 있다. 오가는 사람들을 무연히 바라보다가 그들 틈에 끼어 아무 데로나 걸어가 본다. 어깨를 나란히 하고 걸을 때는 모두 같은 길을 걷고 있다는 생각이 들다가도, 다른 사람이 내 곁에 있다는 사실을 알게 되면 각자 다른 길을 걷고 있다는 현실을 깨닫는다.

어느 길로 들어서느냐에 따라 종착지가 달라지듯이, 어떻게 사느냐에 따라 사는 보람이 달라질 것이다. 나는 여태껏 어떻게 살아왔을까. 돌이켜 보니, 어느 길로 가야겠다는 특별한 뜻 없이 지금처럼 길을 걸어가는 사람들 틈에 끼어 반평생을 살아왔던 게 아닌가 싶다. 굳이 있었다고 한다면 남들처럼만 살면 된다는, 그런 뜻 같지 않은 뜻을 품고 살아왔던 듯하다.

그랬다. 남들이 걸어가고 있는 길을 마치 내가 걸어가야 할 길로 착각하고 덩달아 걸어왔을 뿐이다. 그 길이 내가 가야 할 길인지 깊이 생각할 겨를 없이 그저 앞만 보며 걸어왔다. 그러다가 생각지도 않게 '정년'이란 낯선 길목에 다다른 것이다. 나와 어깨를 같이하고 걸어왔던 사람들은 어디론가 사라져 버렸고, 나는 낯선 사람들 틈에 끼어 어디로 가야 할지 몰라 이리저리 방황하고 있다.

이제 나는 이 길목에서 어디로든 더 가야만 한다. 인생이란 끊임없이 걸어가야만 하는 길 같은 거니까, 살아 있는 한은 계속 걸어가야 한다. 오른편이든 왼편이든, 아니면 앞으로든 가야 할 길을 선택해야만 한다. 갑작스럽게 닥친 이 상황이 너무나 당황스럽지만, 그렇다고 내가 가야 할 길이란 확신도 없이 무작정 아무데로나 걸어갈 수는 없지 않은가.

어디로 가야 할지 아직 방향도 잡지 못했는데 벌써 6년이나 흘렀다. 그러고도 나는 아직 망설이고 있다.

카프카는 "목표는 있으나 길은 없다. 우리가 길이라고 부르는 것은 망설임이다."라고 말했다. 망설이다가 끝나고 마는 게 우리네 인생이라니. 삶이 허무하게 느껴진다. 그의 말이 위안이 되기커녕 오히려 비관하게 만든다. 이제 더는 망설이고 싶지 않다. 길, 그 망설임에 대해 내 나름 고민해 본다.

누구에게나 인생은 처음 가 보는 길이다. 낯선 길이니 망설여지는 게 당연하다. 그런데 나는 왜 그렇지 않았을까. 어려서는 길을 의식하지 않았던 것 같다. 망설이지 않고, 내 손을 잡아 주는 사람들에게 이끌려 걸어왔다. 커서는 인생길이 뭔지 어렴풋이 인식했지만 길 주변이 늘 보아 왔던 모습 그대로였다. 낯설게 느껴지지 않았다. 망설이지 않았다. 사람들이 걸어가는 방향으로 의심 없이 따라갔다.

잘 가다가도 길옆 모습이 달라지면 걸어가고 있는 방향이 옳은지 의심하게 된다. 길을 잘못 들어선 게 아닐까 망설이게 된다. 내 경우도 그랬다. 어느 날 갑자기 정년이 되어 집에서 하는 일 없이 시간을 보내다 보니, 이제껏 살아온 생활환경과 너무나도 다르다는 것을 깨닫게 되었다. 갑자기 낯설게 느껴졌다. 내가 가야 할 길인지 의심이 들면서 주저하게 되었다.

길이 한번 의심되자 여태껏 품어 왔던 생각 또한 흔들렸다. 남들만큼만 살면 된다는 뜻이 과연 잘못된 것일까. 그렇지는 않을 것이다. 수많은 사람들의 평균적인 삶을 살아가는 것도 그 나름 의미가 없지는 않다. 어떻게 사는 게 옳은지를 저마다 고심했었을 것이고, 그 결과로 많은 사람들이 걸어간 길이었으니까 크게 잘못된 방향은 아닐 것이다.

더구나 내가 지금 처해 있는 노년의 삶 또한 누구나 한번은 거쳐 가야 하는 길목 아닌가. 조금 낯설긴 해도 앞서 걸어간 사람들의 뒷모습을 볼 때 그리 이상해 보이진 않는다. 다들 자연스럽게 걸어가고 있지 않은가. 나만 낙오된 것처럼 과민하게 생각할 이유는 없을 것 같다.

그래, 더는 망설이지 말자.

망설이지 않으면? 지금처럼 어린 손자나 돌보며 계속 살아야 하나. 아니면, 뭔가 새로운 일을 시작해야 하나. 지금처럼 살자니 뭔가 못마땅하고, 새로운 길을 걷자니 엄두가 나지 않는다. 다시 또 망설인다.

카프카의 말대로, 길은 정말 없는가? 길이 곧 망설임인가?

7
나의 행복은

행복은 한곳에 오래 머무르지 않는다. 모처럼 찾으면 어느새
가 버리고 없다. 어디에 숨었는지 다시 만나기가 여간 어렵지 않
다. 어느 날부턴가 행복을 잊고 살았다. 다람쥐 쳇바퀴 돌듯 무덤
덤한 일상을 보내왔다.

그렇게 찾기 어렵던 행복을 늘그막에, 어디에 어떤 모습으로
숨어 있는지 알게 되었다. 늘 내 주변을 맴돌고 있었는데 바보처
럼 몰라보았던 것이다. 요즘은 때 없이 찾아 행복에 젖곤 한다.

남들보다 돈을 잘 벌고 명예도 훨씬 빛나야만 행복한 것으로 잘
못 알았었다. 나보다 나은 사람들과 비교하며 그들의 뒤를 좇는
데만 급급했었다. 나는 늘 행복하지 않다고 생각했었다. 더 일찍

붙들 수도 있었을 텐데, 미련스럽게도 나는 얼굴도 모르는 행복을 무작정 찾아다녔던 것이다.

어느덧 바깥일을 멈추고 집안일을 돌보며 사는 나이가 되었다. 자연히 집사람의 심사를 곁눈질할 수밖에 없었고, 애들의 일거수일투족을 바라볼 수밖에 없었다. 그들이 기쁜지 슬픈지, 아픈 데는 혹시 없는지를 생각하지 않을 수 없게 되었다. 나도 모르게 그들에게 차츰 동화되어 갔다.

아내와 아들딸이 웃는 모습을 보면 나도 모르게 행복해졌다. 나의 행복은 바로 그들의 웃음 안에 숨어 있었던 것이다. 어디에 있는지 알고 나니, 마음만 먹으면 언제든지 손쉽게 찾아졌다. 문득 이렇게 가까이 숨어 있는 행복을 모르고 그냥 지나쳐 왔던 지난 세월이 아까워졌다. 지금이라도 내 주위를 돌아보게 된 게 얼마나 다행인지 모르겠다.

비록 넉넉지 않은 살림이라 남들처럼 '희(喜)야, 희야' 하며 살고 있지는 못하지만 자존심을 구기며 살고 있지는 않으니까, 내 분수에 이 정도의 삶이면 족하다. 평소에 보이지 않던 집사람과 아들딸이 내 눈 속에 들어와 그들이 무탈하게 잘 지내는 것을 바라보며 감사하는 마음을 갖게 된 것이다. 나는 지금 너무나 행복하다.

아들이 장가가서 멀리 떨어져 사는데, 매 주말 우리 내외에게 인사하러 온다. 아홉 달 된 어린 손자를 품에 안고 며늘애와 함께 힘들게 와서, 하룻밤을 자고는 다음 날 저희 집으로 되돌아간다.

지난 설날부터는 올 때마다 손자 애가 내게 절을 하기 시작했다. 그 전엔 귀여운 재롱을 보는 것만으로도 좋았었는데, 요즘엔 그 어린 것의 절을 아들과 며늘애가 양쪽에서 거들며 웃는 소리가 더해져 더욱 좋아졌다. 오늘은 집사람과 딸애가 애들 곁에서 한 몫 거든다. 절은 이렇게 해야 하는 것 아니냐며 함께 웃는다. 나도 덩달아 웃는다. 왜 웃는지도 모르는 어린 손자도 해죽이 웃는다. 온 가족이 다함께 웃는다.

아, 행복하다. 매일 이렇게 살고 싶다.

아들 내외가 집으로 돌아가고 딸애마저 바깥일을 보러 나가면 나와 집사람만 덩그러니 남는다. 그래도 괜찮다. 곁에 있는 아내에게서 행복을 찾으면 되니까.

어떻게 하면 그녀가 웃을지, 몰래 고민해 본다. 벌써부터 행복해진다.

8

콩가루의 항의

나는 인절미를 좋아한다. 쫄깃한 떡도 그렇지만 그 위에 얹힌
고물이 너무나 맛있다. 그 고소한 맛이라니. 케이크에 발린 크림
이나 초콜릿에 비할 바 아니다. 떡고물은 뭐니 뭐니 해도 콩가루
가 최고다.

오늘도 집사람이 인절미를 사 왔다. 그리고 떡고물을 한 움큼
덤으로 얻어 왔다. 떡을 먹기 전에 고물부터 엄지와 검지로 집어
입속에 털어 넣었다. 꿀꺽 삼키려는 순간 콩가루에 목구멍이 막
혔는지 숨을 쉴 수가 없다. 기침이 계속 나왔다. 한동안 얼굴이
벌게져 있었다.
진정이 된 후에도 고물에 선뜻 손대지 못하고 노려보고만 있었

다. 콩가루도 질세라 나를 한참 노려보더니 이윽고 먼저 말문을 열었다. 삼일독립선언서를 낭독하듯 비장한 어조였다.

"다른 가루들도 많은데, 왜 하필 '콩가루 같다'느니 하며 나를 좋지 않은 일에 비유하느냐. 그건 나에 대한 명백한 명예훼손이다. 사과하고, 즉시 시정해라."

나는 속으로 이 녀석이 실성했나 생각하면서도 그 뒷말이 궁금해 듣고만 있었다.

"내가 콩으로 태어나 너희들의 먹거리가 된 것은 운명의 장난이라 여기겠다. 또, 이왕에 먹거리가 된 이상 너희들이 먹기 편하자고 나를 이 지경으로 만들어 놓은 것도 어쩔 수 없는 일이라 생각하고 참겠다. 하지만 내게 감사하다는 말은 못할망정 너희들의 단결이 안 된 모습에 '콩가루 같다'고 비유하며 나를 조롱하는 것은 도저히 못 참겠다. 내가 너의 목구멍을 잠시 막은 것은 시정을 요구하는 내 나름의 시위 방식이다."

콩가루의 항의를 심사숙고해 보았다.

그의 입장에서 보면 우리들 인간이 무도하다고 할 만하다. 어디 콩뿐인가. 아무 생명이나 마구 잡아다가 제멋대로 베고, 찌르고, 자르며 난도질하지 않는가. 갈아 뭉개고, 찌고, 삶고 불에 태우지 않는가. 그러면서 미안한 줄도, 고마운 줄도 모른다. 다른 생명의 존엄 같은 것은 아예 개의치 않는다.

생각하는 동물이라 자부하면서도 옳고 그르고, 좋고 나쁜 게 죄다 제멋대로다. 오죽하면 우리가 만들어 놓은 법과 규범을 우리 스스로 어기고, 맞네 틀리네 하며 다투고 있지 않은가. 심지어는 동족끼리 싸우고, 죽이고 하지 않는가. 아무리 생각해 봐도 우리들 인간은 정말 이해하기 어려운 존재다.

콩가루 말고도 찹쌀가루, 밀가루, 수수가루 등 가루가 수없이 많은데, 하필 콩가루를 콕 집어 나쁜 일에 비유하는지 그 이유를 모르겠다. 콩가루의 입장에서도 도저히 납득할 수 없을 것이다. 그럼에도 대부분의 콩가루들은 우리에게 대들지 않고 꾹 참는데, 이 녀석은 내가 하자는 대로 몸을 맡기지 않고 대들고 있지 않은가. 잘못하면 내 배 속에 들어와 반란을 도모할는지도 모른다. 녀석의 단호한 태도로 보건대, 또 건드리다간 탈이 날 수도 있겠다.

싸우기보다는 좋게 구슬려 보는 게 낫겠다.

"세상을 원망해야지, 누구를 원망하겠냐. 나는 인간이라 콩가루, 너에겐 우월한 입장이지만 다른 생명이나 같은 인간에겐 열등한 입장에 놓일 때도 있다. 그러려니 참고, 한세상 사는 거지. 별수 있느냐. 부디 내세나 기약해 보렴."

들은 척도 하지 않는다. 차라리 이 녀석의 항의를 인정하고, 앞으로 나만은 그렇게 하지 않겠다고 다짐하는 편이 좋을 듯싶다.

"우리가 너를 좋지 않은 일에 비유한 것은 사실이다. 하지만 너를 폄훼하고자 한 고의는 없었다. 비유란 우리의 원활한 의사소통에 필요한 방편이며, 비유한 대상이 하필 너였다는 것은 단지 우연에 불과하다. 그러니 이제 그만 오해를 풀어다오. 나만이라도 너의 품격을 인정해 주마. 앞으론 '콩가루 같은'이란 말은 절대 쓰지 않으마."

눈치를 살펴보니, 화가 풀린 듯하다.

"자, 이젠 먹어도 되지?"

고물을 조금 집어 입안에 조심스럽게 털어 넣는다. 탈이 없다. 안심이 된다. 이런 내 꼴이 우스웠는지, 녀석이 웃으며 내게 묻는다.

"어때? 고소하지?"

"응, 고소해. 아주 맛있어."

인절미를 먹으며 속으로 생각한다.

'콩가루에도 있는 자존심이 우리들 인간에게 어찌 없으랴. 콩가루 같다는 비유에 연루된 사람들이 그 말을 들으면 기분 좋을 리 없다. 그도 역시 이 콩가루처럼 앙갚음하고 싶을 것이다. 조롱과 멸시, 비난은 화를 자초하는 일이니 앞으론 말할 때 더 신중해야 겠다.'

내 생각을 알아챘는지, 콩가루가 나를 쳐다보며 빙긋이 웃는다.

9

잠자리 풍장 風葬

며칠 전 집사람과 골프를 치러 갔을 때의 일이다.

시작하기 전에 허리와 어깨 근육을 풀어 보려고 골프채를 휘휘 휘둘러보다가, 잔디 위에 공을 내려놓고는 길게도 짧게도 굴려 보는 중이었다. 사람들이 없는 빈 공간에 서서 여기서 저기로 공을 굴려 보는데, 굴러간 공이 멈춘 곳에 웬 작은 밤색 물체 하나가 눈에 띄었다. 다가가서 공을 집으며 그게 뭔가 하고 유심히 살펴보았더니 잠자리 한 마리가 엎드려 있는 게 아닌가.

나는 어릴 적에 하던 대로 살금살금 다가가 손끝으로 날개 끝을 잡으려고 했다. 이쯤의 거리라면 잠자리는 날아야 할지 말지를, 나는 손가락으로 날개를 잡아야 할지 말지를 망설이며 서로 간에 긴장이 한껏 고조되기 마련이다. 그런데 이상하게도 그런 긴장감이 전혀 들지 않았다. 살아 있기는 한 걸까? 아니면, 죽어 있는 걸까? 죽었다면 왜 하필 이곳에 몸을 누였을까? 이곳에 계속 엎드려 있다간 굴러온 골프공에 얻어맞든지, 신발에 사정없이 밟히든지 할 텐데.

그런 위험한 일이 생기면 안 될 것 같아서, 혹시라도 아직 숨이 붙어 있다면 다른 곳으로 날아가라고 잠자리의 언저리에 손바람을 휘익 일으켜 보았다. 그런데도 전혀 움직일 기미가 보이지 않았다. 죽어 있는지 모른다는 생각이 들었다. 다시 찬찬히 살펴보니, 몸에 윤기가 없고 누런 것이 푸석푸석해 보였다. 잠자리가 일생을 마치고 이곳에서 풍장을 하려는가 보다 생각했다. 하찮은 미물일지언정 죽음 앞에서라 그런지 나도 모르게 마음이 숙연해졌다.

이런 위험한 곳에서 풍장을 하면 안 될 텐데 싶어, 잠자리를 손으로 집어 다른 곳에 옮겨 놓으려 했다. 그러다가 그만두었다. 하늘을 날아다니며 이곳저곳을 두루 살펴보고는, 다른 곳을 놔두고 하필 이곳에 자기 몸을 누인 데는 그럴 만한 이유가 있을 거라는 추측이 들었기 때문이다. 그러고 보니, 이 잔디밭은 사람들의 발길이 잦은 곳이긴 하지만 잠자리가 누워 있는 이쪽 구석은 나 같은 사람이 아니면 좀체 다가오지 않을 장소 같기도 했다. 게다가 이곳만큼 햇볕이 잘 들고 바람이 잘 통하는 자리도 그리 흔치는 않을 것이니, 이 잠자리 역시 많이 고민한 끝에 바로 이 자리가 제 몸을 누일 적지라고 결론 내렸을지도 모른다.

시신을 훼손할 위험이 혹시나 닥칠지 모른다는 걱정을 하면서도 잠자리의 뜻을 존중하여 그대로 놔두고는 차마 떨어지지 않는 발길을 돌리고 말았다.

지금까지도 그 잠자리의 풍장 모습이 머리에서 떠나지 않는다.

되돌아가 아직 그대로 있다면 시신을 묻어 줄 걸 그랬나. 아니지, 풍장이야말로 그들의 타고난 숙명인데 내가 함부로 신의 섭리를 거슬러서는 안 되지. 한동안 생각이 오락가락하다가, 그대로 놔두기로 한다. 무릇 생명이란 신이 뜻한 바 있어 이 세상에 태어나게 하였으니, 그 최후 또한 신이 뜻한 바대로 마쳐야 할 것 같아서다.

옮겨 묻어 주는 대신에 명복을 빌어 주기로 마음먹는다. 시신이 훼손되지 않고 그대로 있다가, 곱게 삭아서 하얀 가루가 되어 맑은 바람에 실려 저 푸른 하늘로 날려 가기를 속으로 빌어 본다. 더하여, 현세는 미물이었을망정 내세에는 더 나은 존재가 되라고, 그렇게 되기를 진심으로 바란다.

내 장례는 어떻게 해야 하나. 매장을 원해야 하나, 화장을 부탁해야 하나. 아니면, 애들이 하자는 대로 믿고 맡겨야 하나. 풍장도 고려해 볼 만은 한데….

10

추억 만들기

지난 주말에 멀리 떨어져 사는 아들 내외가 찾아왔다. 갓난애를 안고 왔다가 겨우 한나절을 보내고는 되돌아갔다. 그런데, 간지 얼마나 되었다고 벌써부터 그 애들이 보고 싶다. 며칠 후면 다시 보게 될 잠깐의 이별인데도 이렇게나 아쉽고 섭섭하다니….

이제 겨우 뒤집기를 시작한 손자 애가 자꾸만 눈에 아른거린다. "아버님!" 하며 내게 자주 말을 붙이던 며늘애와 저만치 떨어져서 말없이 웃고 있던 아들애가 눈에 밝힌다. 앞으로 열흘은 더 있어야 그 애들을 만나 볼 수 있을 텐데, 그때까지 또 어떻게 기다리나.

이럴 줄 알았더라면 영화를 보러 갈 게 아니라 그 애들 얼굴이나 실컷 볼 걸 그랬다. 손자 아이와 아들을 집사람에게 맡기고 영화를 보러 갔던 게 후회됐다. 며늘애와 딸애가 내 양쪽에서 팔짱을 끼고 영화를 보러 가자고 하도 보채는 바람에 다녀왔던 것인데, 그 짧은 두세 시간마저 아쉽게 느껴진다. 며늘애가 시집온 지 얼마 되지 않았는데도 이젠 딸처럼 느껴지니 그것으로 위안을 삼을 밖에.

이럴 게 아니라, 같이 살자고 말해 볼까?

그 애들이 우리 내외랑 함께 살고 있다면 잠깐의 이별조차도 물론 없을 것이다. 섭섭하고 아쉬운 이런 마음이 들지 않을지도 모르겠다. 하지만 달리 생각하면, 함께 살며 부딪쳐서 서로를 싫증 내거나 불평불만을 지닌 채 아까운 인생의 대부분을 허비하게 될는지도 모른다. 쉽게 결정할 일은 아니다. 더구나, 오랜 심사숙고 끝에 분가를 결정한 게 아니던가.

다시 생각해 보니, 영화를 보러 나간 것도 크게 잘못된 선택은 아닌 것 같다. 애들 얼굴을 두세 시간 더 봤다 한들 헤어진 후의 그리움이 없어지기야 하겠는가. 딸과 며늘애, 그 두 애와 함께 쌓은 추억도 그 나름 의미가 없지는 않다. 나 떠난 후에 내가 그리워지면 그 애들이 나와 영화를 본 오늘의 일을 기억할지도 모를 일이다. 그런 의미 있는 일을 아들과 손자 아이를 보는 잠깐의 즐거움에 어찌 비하랴.

만나면 언젠가는 헤어지게 마련이다. 인생이란 그런 것이다.

만남과 헤어짐의 연속 아니던가. 만나고 헤어지고, 또 만나고 헤어지고…. 그런 나날을 보내다 보면 어느덧 사람의 일생은 지나가고 만다. 그 수많은 만남과 헤어짐들 중에 사랑하는 사람을 만나 기뻐하다가, 헤어져 슬퍼하며, 그렇고 그런 비슷한 삶을 살다 떠나는 게 우리들의 운명인 것이다.

이별을 피할 수 없다면 죽을 것처럼 마음 아파도 참아야만 한다. 견디지 못하고 인생을 중도에 포기할 수는 없다. 그나마 우리에겐 추억을 간직할 내적 공간이 있고, 마음의 고통을 완화해 줄 그리움이란 게 있으니 다행 아닌가. 애틋한 그리움도 없고 떠올릴 추억조차 없다면, 그래서 온통 슬프고 아픈 이별뿐이라면 우리네 인생은 너무나 가여울 것이다.

이렇게 후회하고 있기보다 차라리 다음에 만날 때 어떤 추억을 만들지를 생각하는 편이 낫겠다. 사람의 앞날은 모르는 거니까. 미리 준비한다고 해서 나쁠 것도 없으니까.

애들에게만이 아니라 나도 나중에 갖고 갈 추억이 필요하지 않은가. 빈손으로 떠나야 하는 나에겐 애들과 즐거워했던 추억만큼 소중한 이별 선물은 없을 것이다.

그러니 추억을 미리, 많이 만들어 놓아야겠다. 멀리 떠나간 이 애비가 그리워질 때 애들이 꺼내 볼 만한 것으로. 이왕이면 내가 먼 나라에 가서라도 애들이 그리워질 때 꺼내 볼 만한 것으로.

11

러브레터

비행기 안에서 '러브레터 쓰기' 행사가 열렸다. 승무원이 탑승객들에게 일일이 권유하기에, 얼떨결에 편지지와 봉투를 받아 들고는 집사람 얼굴을 쳐다보았다. 나를 바라보며 빙그레 웃고 있었다. 나는 그 웃음의 의미를 이해했다. 그동안 러브레터를 보내지 못해 미안하다는 내 눈빛을 읽고, 괜찮다는 뜻으로 내게 웃음 지어 주고 있다고.

러브레터를 써 보기는 거의 40년만의 일이었다. 미안하기도 하고 어색하기도 해서, 선뜻 쓰지 못하고 망설이고 있었다. 엉거주춤 들고 있는 그 짧은 순간에 만감이 교차하고 여러 생각들이 스쳐 지나갔다.

젊은 시절 나는 어머님과 남동생, 셋이서 단칸방에 살았었다. 사는 게 너무나 궁핍해, 내 이상에 맞는 여성을 만날 수 없을 것 같았다. 결혼을 아예 포기하고 지냈었는데, 그런 내가 딱해 보였는지 운명의 여신이 내게 '이 여자다' 싶은 사람을 보내 주었다. 다행히 그녀를 놓치지 않아, 지금은 함께 잘 살고 있다.

조건이 좋지 않고 인물이 잘나지도 않은 나에게 그녀가 시집와 준 것은 천운이라고밖에 달리 설명할 수가 없었다. 지금 생각해 보니, 혹시 내가 보낸 러브레터들 때문이 아니었을까. 그랬을 수도 있다.

그녀를 만나지 못한 날엔 혹시 나를 포기할까 봐 마음 졸이며 하루 한 통, 어떤 날은 두 통, 꼬박꼬박 러브레터를 보냈었다. 문학에 소양이 전혀 없던 나로서는 러브레터를 쓰는 일이 고역이었다. 오로지 그녀가 나에게서 떠나지 않기만을 바라는 간절한 마음으로 쓰고 보냈었다. 어쩌면 사랑한다는 고백보다 100여 통이란 숫자가 그녀의 마음을 움직였는지도 모른다.

결혼 전에는 그렇게 열심히 러브레터를 보냈었는데 결혼 후에는 왜 한 번도 보내지 않았을까. 그녀가 내 사람이 되었다고 안심해서였을까. 그래서가 아니라, 내가 너무 소심해서였을 것이다. 매일같이 얼굴 보는 사이에 낯간지럽게 편지라니. 무의식중에라도 그런 생각이 들었기 때문일 것이다. 아니, 내 입으로 말하기는 쑥스럽지만 '내 사랑이 백조의 울음을 닮아서'라고 억지 부리고 싶다.

백조는 자주 울지 않는다고 한다. 들어 보지는 못했지만 울음소리도 외모만큼이나 아름다울 것이다. 그런 목소리를 갖고도 자주 울지 않는 것은 천성이 무겁고 신중해서가 아닐까. 때 없이 울어 대는 오리들과는 울음의 격이 다르다. 백조에 견줄 바는 못 되겠지만 나 또한 변치 않는 내 사랑을 아무 때나 실없이 드러내고 싶지는 않았다.

이유야 어쨌든, 그동안 내가 너무 무심했다는 자책이 들지 않을 수 없다. 자주는 아니더라도 가끔은 내 마음이 여전하다는 것을 알려 줬어야 했다. 그랬더라면 지금 이렇게 어색하지는 않을 텐데….

이해를 구하는 마음으로, '그래도, 여보. 그동안 보내지 못해서 미안한데, 이 러브레터 받아 주면 안 될까?' 하는 눈빛을 다시 보냈다. 그러자 머리를 천천히 길게 위로 들어 올리며 웃음 지어 보인다. '집에 있는 딸에게 보내세요.' 하는 의미인 듯하다. 하기야 딸애는 그녀의 분신이니까. 그러기로 했다.

러브레터를 쓰는 중에도 몇 번이나 집사람 얼굴을 쳐다본다. 여전히 나를 바라보며 웃고 있다. 쓰면서도 마음속으로는 계속 말을 건넨다. 당신을 사랑한다고. 그동안 보내지 못해 미안하다고….

12

아직 끝나지 않았다

남자의 마음, 그 밑바탕엔 무엇이 있을까? 야성이 있는 것은 혹시 아닐까? 거친 들판에서 살아가는 짐승들의 본능 같은 것 말이다. 누구와 겨루어도 지지 않겠다는 승부욕이 남자들 세계에서는 필요하다. 그런 의욕이 자신의 삶에 활력을 불어 주고 가정을 지키는 힘이 되기도 한다.

20대 시절, 나는 영화 〈로키〉의 주인공에게서 그런 거부할 수 없는 매력에 끌렸었다. 건달에 가까운 무명의 복서 로키가 세계 헤비급챔피언과 링에서 펼쳤던 거친 권투 경기를 지켜보며, 상대가 누구든 결코 지지 않겠다는 그의 투혼에 열광했었다. 내 안의 야성을 발견하곤 했었다.

나만 그렇게 로키를 좋아했었던 것은 아닌 것 같다. 그 후로도

〈로키〉가 시리즈로 계속 나오더니, 처음 나온 지 꼭 30년만인 지난 2006년도에 6번째 〈로키 발보아〉가 마지막으로 나왔다. 그땐 로키도 나도 어느덧 50대 중년이 되어 있었다. 50이면 젊음도, 야성도 모두 잃을 나이이건만 그는 세상 속으로 다시 돌아왔던 것이다.

30대 초반만 넘어도 은퇴를 운운하는 권투 세계에서 50대의 나이로 로키가 링 위에 다시 올라선다고 했을 때, 과연 어떤 스토리가 전개될지 궁금하기 짝이 없었다. 그 영화를 보고 난 후에 나는 로키가 승승장구하던 그동안의 시리즈에서보다 더 큰 감동을 받았다. 지금껏 잊히지 않는 그 영화를 그때로부터 10년 만인 오늘 밤에 TV로 재방송을 해 주어 나는 또다시 그 감동에 깊이 빠져 있다.

50대 중반의 로키. 그는 더 늙기 전에 꼭 한 번은 링 위에 다시 서 보고 싶다는 열망을 갖고 있었다. 그 나이에 무슨 권투냐는 주변의 조롱과 만류를 뿌리치고 권투위원회에 선수자격심사를 신청했는데, 위원들로부터 신청을 기각하겠다는 대답을 듣고는 이렇게 말했다.

"하고 싶은 일을 한번 해 보라는 마음의 소리를 들었고, 내게 아무런 결격 사유도 없는데 왜 내게 선수 자격을 주지 않느냐?"

곧이어 그는 "늙어 갈수록 포기해야 하는 것이 많아지고 있다."

며 자신의 서글픈 심정을 토로하면서, "내게도 행복해질 권리가 있는 것 아니냐?"고 물었다. 그러고는 그냥 뒤돌아 나왔다.

얼마 후 권투위원회로부터 로키에게 권투선수의 자격이 주어지고, 이 사실이 세상에 널리 알려지면서 흥행을 염두에 둔 현 헤비급챔피언의 매니저가 로키와의 권투시합을 주선하기에 이르렀다. 현 챔피언이 50대의 늙은 전 챔피언인 로키에게 귓속말로 "사정을 봐주겠다."고 말하며 적당히 시합하자고 제안하자, 로키가 거절하며 이런 말을 했다.

"끝나기 전까지는 아직 끝이 아니다."

10회전의 권투경기를 진행하면서 로키는 자신의 야성을 그 링 위에서 폭발시켰다. 맞고 쓰러지면서도 다시 또 일어나는 불굴의 의지에 관중들이 열광하였다. 그것은 사나이들만이 보여 줄 수 있는 진짜 야성이었다. 경기를 보는 내내 나는 마음 졸이며 그에게로 박수를 보냈다.

경기가 끝난 후 로키의 행복해하는 모습을 보며 말할 수 없이 깊은 감동을 또다시 받았다. 바로 그 순간, 로키가 아들에게 한 말들이 내 귓전에 다시 들려오는 듯했다.

"네가 너 자신을 믿기 전까지는 네 삶을 살았다고 말할 수는 없는 것이다."

"얼마나 성공적으로 사느냐가 아니라 얼마나 치열하게 사느냐가 중요하다."

"타인의 시선에 연연해하지 마라. 네가 진정 되고 싶은 사람이
되어라."

요즘의 내 생활을 돌아보니, 치열하게 살지 못하고 그저 주어
진 대로 순응하며 살고 있다. 야성을 잊고 사는 듯하다. 로키는
권투 나이 '황혼'에 다시 시작했는데, 인생 '오후'에 있는 내가 이
렇게 주저앉아 있어서야 될 말인가.

로키의 파이팅 넘치는 모습을 그려 보며 두 주먹을 불끈 쥔다.
그래, 끝나기 전까지는 결코 끝이 아니다. 나는 아직 끝나지 않
았다!

할
머
니

나
무

할머니, 할아버지란 말의 어감이 참 좋다. 불러도 좋고 들어
도 좋다. 부르면 뭐든지 다 받아줄 것 같고, 들으면 뭐든지 다
해줄 것 같다. 할아버지 소리를 들으면 저절로 마음이 넓어지는
것 같다. 나이 든다는 것이 좋을 게 별로 없는데, 할아버지 소
리만큼은 이상하게 듣기가 너무 좋다.

1

나의 5월 5일

보고 싶다. 보고 싶고, 보고 싶고, 또 보고 싶다. 때 없이 보고 싶다.

눈을 감아도 눈을 떠도 온통 님 생각뿐이다. 어리석게도 곁에 계실 땐 몰랐었다. 이렇게 그리울 줄을, 이리도 가슴 아플 줄을….

5월 5일, 어린이날. 나에게만은 어머니날이기도 하다. 그날 오후 하늘이 무너져 내렸다. 눈앞이 깜깜해지고, 머리가 얻어맞은 듯 어질해지며, 온몸이 후들거려 땅바닥에 주저앉고 말았다. 망연자실했다.

님은 가셨는데, 목숨이 뭔지 나는 살아 있다. 눈물을 참으며 하루하루를 견뎌 냈다. 그렇게 아픈 세월이 오래 흘렀다. 이제는 상처가 아물었는지 아픔이 많이 무뎌졌다. 그래도 가슴에 파인 상처를 들여다볼 때마다 그날의 슬픔이 아픔으로 되살아난다.

어차피 언젠가는 나도 님 가신 그 먼 길을 가야만 한다. 살 만큼 살았으니 떠나면 그만인데도, 한번 겪어 본 이별의 아픔이 너무나도 크기에 애들을 남겨 두고 차마 떠나기가 두려워진다. 바보처럼 벌써부터 훗날의 이별을 걱정하고 있다.

님도 그러셨을 것이다. 아버지 없이 외롭게 자란 나를 차마 남겨 두기가 애처로우셨을 것이다. 그래도 떠나야만 하니까, 떨어지지 않는 발걸음을 어렵게 옮기셨을 것이다. 먼 나라에 가셨어도 두고 온 나를 생각하며 슬퍼하고 계실 것이다.

어린이와 어머니, 둘 모두를 기억하라는 의미의 나의 5월 5일! 님은 가셨는데, 나는 아직 보내 드리지 못했다. 손자의 재롱을 보며 맘껏 즐거워하지도, 슬퍼하지도 못하고 있다.

2

빈자리에 고이는 슬픔

손에 쥔 볼펜을 물끄러미 내려다보던 중이었다. 문득 지난 생일에 아들 내외가 내게 선물했던 만년필이 생각났다. 책상 서랍을 열어 보았다. 눈에 띄지 않는다. 분명 이곳 어딘가에 잘 놓아두었을 텐데…. 이곳저곳을 아무리 뒤져 봐도 찾을 수가 없다.

내 이름과 함께 짧은 생일 축하 메시지가 새겨진 파카 만년필이었다. 애들의 능력으로는 비싼 것을 살 수 없었을 터. 그렇지만 글 쓰는 사람에게 이보다 값진 선물이 또 있으랴. 친구들에게 자랑하고 싶어 몇 번인가 들고 나간 적은 있지만, 나갈 때마다 수시로 호주머니 속에 그것이 잘 들어 있는지를 손으로 어루만져 보며 확인하곤 했던, 내겐 아주 소중한 물건이었다.

그것을 갖고 다니다간 잃어버릴지도 모른다는 생각에, 잘 놓아

두었다가 꼭 필요할 때만 써야지 하고 이곳 책상 서랍에 고이 모셔 둔 것으로 분명 기억하고 있는데, 어찌 된 영문인지 도무지 찾을 수가 없다. 나이가 들어서인지, 이즘엔 소중한 물건이 있어야 할 곳에 없다는 그 이유 하나로도 마음이 뭔가 모르게 허전하고 저릿해진다.

매주 수요일이면 으레 만나는 모임이 있다. 열 분 정도가 늘 모여서 글공부를 함께하는데, 좌석이 많아서 각자 늘 같은 자리에 앉곤 한다. 모두들 제자리가 있는 셈이다.

원래는 열서너 분이 학적을 두고 있는데, 이름만 걸어 놓고 나오지 않는 분도 계시고, 나오다 말다 하는 분도 계시고, 거의 한 주도 거르지 않고 나오는 분도 계신다. 내 뒷자리엔 출석을 자주 하는 분이 앉으셨다. 한데, 어느 날부턴가 아예 나오지 않으신다. 사정이 있다고는 하는데, 그래도 왠지 모르게 마음이 짠해진다. 그 빈자리를 볼 때면 그분 모습이 떠올라 괜스레 슬퍼지곤 한다. 때가 되면 다시 만나게 되겠지만 사람의 일이란 앞날을 알 수 없는 거니까.

생각해 보면, 빈자리에는 늘 슬픔 같은 게 고여 있는 듯하다. 눈에 보이는 자리라도 그것으로만 그치진 않는다. 그것이 어느새 내 마음속에 자리를 차지하고 있기 때문일 것이다. 내 안에 있던 누군가가 자리를 비웠을 때, 문득 그가 그리워지며 마음속에서 나도 모르게 눈물이 흘러내린다.

 사람이나 물건이나, 한번 맺은 인연이 끊기는 아픔과 슬픔은
마찬가지일 것이다. 내가 그 대상을 얼마나 소중하게 여겼느냐에
따라 정도의 차이가 있을 뿐. 나는 지금 아들 내외가 내게 선물했
던 그 만년필도, 내 뒷자리에 앉아 계셨던 그분도 모두모두 보고
싶다. 내 안에 있던 그들의 빈자리를 보며 조용한 슬픔을 느낀다.
 사람의 마음은 다 같을 것이다. 이런 작은 슬픔 하나라도 느끼
지 않으려면, 그리고 남들에게 안기지 않으려면 나는 나대로 최
선을 다해야겠다. 물건을 잃어버리지도 말아야겠고, 나의 자리를
비우지도 말아야겠다.

3

할머니 나무

내가 사는 아파트 단지 안에 300년 된 느티나무가 한 그루 서 있다. 허리가 얼마나 굵은지 장정 여럿이 손깍지를 끼고 안아야 할 정도다. 키는 어른 키의 예닐곱 배나 되는 것 같다. 암나무라 고 하는데 풍채가 얼마나 좋은지 모른다. 볼 때마다 신령이 깃들 어 있는 것 같아, 오가며 나도 모르게 꾸벅 인사하곤 한다. 속으 로 '할머니'라고 부른다.

치악산에서 이 할머니 나무를 모셔 왔다고 들었다. 그때 수나 무는 곁에 없었다고 하니, 할아버지는 일찍 돌아가신 모양이다. 낳아서 자라셨을 그 정든 땅을 두고 이곳에 오셨을 텐데 얼마나 섭섭하고 마음 아프셨을까. 그래도 그곳 산기슭에 홀로 계실 때 보다는 덜 외로우실 것이다. 손자뻘도 안 되는 키 작은 나무들과

갖가지 꽃들이 할머니를 에워싸고 있으니.

할머니 나무 앞에는 마쓰 강이 흐른다. 일부러 만든 시냇물이다. 폭이 7, 8미터에 길이는 100미터가 채 안 된다. 그 위에 돌다리도 놓여 있다. 아침 일찍부터 저녁 늦게까지 어린애들이 강가에서 맴돌며 뛰어논다. 그 모습을 늘 지켜보시니 적적하실 틈이 아마 없으실 것이다. 게다가 아파트 관리실에서 날이 추운지 더운지, 할머니가 병이 드셨는지 나으셨는지를 세심히 지켜보며 이불을 덮어 드리고 주사도 놓아 드리니 사람으로서도 누리기 어려운 호강을 받고 계신 셈이다.

어릴 적 내 주변엔 할아버지가 없었다. 그 대신에 할머니는 오래도록 곁에 계셨다. 할머니는 어머니와 달리 내게 잔소리를 거의 하지 않으셨다. 애비 없는 손자라 그랬는지는 몰라도 늘 받아주시기만 하셨지, 이래라저래라 하지는 않으셨다.

"할머니" 하고 부를 땐 구수한 느낌이 들었다. 때때로 어머니보다 할머니가 더 좋았다. 이제 내가 할아버지가 되고 보니 할아버지의 마음도 알 것 같다. 두 살 된 어린 손자 애가 "할아버지" 하고 부르면 왠지 마음이 부드럽고 편안해진다.

할머니, 할아버지란 말의 어감이 참 좋다. 불러도 좋고 들어도 좋다. 부르면 뭐든지 다 받아 줄 것 같고, 들으면 뭐든지 다 해 줄 것 같다. 할아버지 소리를 들으면 저절로 마음이 넓어지는 것 같다. 나이 든다는 것이 좋을 게 별로 없는데, 할아버지 소리만큼은 이상하게도 듣기가 너무 좋다. 할머니 소리를 듣는 저 느티나무도 속으로는 좋아하실 것 같다.

손자 애가 오랜만에 찾아왔다. "할아버지" 하며 뛰어와 내 품에 안긴다. 찰싹 안기어 두 팔로 내 목을 꼭 감싸 안는다. 나도 얼싸 안고 그 애 볼에 내 뺨을 비벼 본다. 입맞춤도 해 본다. 보드랍다. "할아버지가 보고 싶었어?" 하고 물으니 "응." 한다. "나도 네가 많이 보고 싶었어." 하며 더 꼭 끌어안는다.

그 애의 손을 잡고 아파트 단지 안을 여기저기 다닌다. 느티나무 앞을 지나가며 "할머니, 제 손자예요." 하고 인사한다. 손자아이가 나를 쳐다보며 이상한 표정을 짓는다. 곁에 아무도 없는데 누구에게 인사하느냐 하는 것 같다. "응, 저 나무가 할머니야. 300살이 넘으셨거든." 애는 여전히 못 알아듣는다. 그냥 웃고 만다. 그저 속으로만 말한다. '나중에 너도 크면 이 할아비의 마음을 이해할 거야.'

나도 저 할머니 나무만큼은 아니더라도 오래 살고 싶다. 어린 손자 애가 커서 장가가고 아들을 낳으면 그 녀석 얼굴을 한 번만이라도 보고 싶다. 90까지만 살아도 그럴 수 있을 텐데….

할머니 나무에게 소원을 빌면 들어주실라나. 혹시 모르니까, 속으로 빌어 본다.

4

개구리 슬피 우는 밤에

깊은 밤에 홀로 깨어 창밖을 보고 있습니다. 달도 없이 깜깜한데 뭐가 그리도 슬픈지, 개구리들이 밤새 목 놓아 울고 있습니다.

하기는 저것들도 생명인데 슬픈 일이 왜 없겠습니까. 올챙이 시절을 거쳐 다 큰 것들이니 제 짝을 찾지 못해 안타까워하는 놈도 물론 있을 것이고, 어미를 잃어 슬퍼하는 놈도 분명 있을 것입니다. 개구리 수명이 20년쯤 된다고 하니, 늦게까지 살아남은 놈 또한 지나간 삶에 대한 회오가 없을 리 만무합니다.

저도 벌써 할아버지가 되었습니다. 늙은 개구리만큼이나 지나간 세월이 아쉽습니다. 손에 잡히지 않는, 기억 속에서만 존재하는 사람과 사연들. 생각할수록 뭔가를 잃어버린 듯한 허전함이 뼛속 깊이 스며듭니다. 자꾸만 울고 싶어집니다.

어제 낮엔 아홉 달 된 어린 손자 아이와 함께 놀았습니다. 거실 바닥을 엉금엉금 기면서 눈에 띄는 사물마다 신기한 듯 손으로 만져 보고, 때론 혀로 핥아 보는 그 애의 모습을 온종일 지켜보며 시간 가는 줄 모르게 하루를 보냈습니다. 제가 낳은 아들이 아들을 낳았다는 게 믿기지 않을 정도로 신기하고 기뻤습니다. 제가 할아버지가 되었다는 것을 제대로 실감했습니다.

손자 아이는 애비를 따라 저희들의 집으로 되돌아가고 없고, 저만이 홀로 남아 이 한밤을 하염없이 앉아 있는 중입니다. 이상하게도 이제는 기쁨보다 까닭모를 슬픔과 서러움을 안고 있습니다. 제 안에 있던 그 '손자 아이'는 어디로 갔는지 보이지 않고 '할아버지'만이 남아 저를 괴롭히고 있습니다. 세월이 이렇게나 많이 흘렀나 하는 생각이 들자, 왠지 아쉽고 서러워지는 것입니다. 늙은 개구리의 설움이 가슴에 와 닿습니다.

이런 마음의 병통을 고칠 약은 아마 이 세상엔 없을 듯합니다. 잠시 아픔을 잊을 수는 있겠지요. 아들과 손자를 만나 보는, 마약 같은 그 반가움으로 말입니다. 지금 이 순간에도 아들애가 다시 보고 싶고, 손자 애도 또 보고 싶습니다. 웃는 그 애들의 얼굴을 보며 제 안에 있는 허전한 마음을, 이 아픔 덩어리를 잊어버리고 싶습니다.

돌아가신 어머님이 문득 떠오릅니다. 이 못난 아들도 자식이라고, 저를 보는 낙으로 사셨겠지요. 그런 제가 어느 날 어머님 곁을 떠나 홀로 계실 때는 품 안이 허전하셨을 것입니다. 그리고 지금의 저처럼, 아들이 있고 손자가 있다는 생각만을 외롭게 붙들고 긴긴 밤을 잠 못 이루며 지내셨겠지요. 마음이 얼마나 슬프셨을지 이제야 알 것 같습니다.

어머님은 어째서 그런 내색을 한 번도 하지 않으시고 그 긴 세월을 지내셨을까요. 외로운 속마음을, 누구에게도 내보이지 못하는 그 기막힌 심정을 저에게라도 귀띔해 주셨더라면 좋았을 텐데, 왜 그러지 않으셨을까요. 저는 그런 줄도 모르고, 바보처럼 살았습니다. 모두가 잠든 한밤중에 개구리가 저리도 슬피 우는 까닭을 헤아리지도 못하고….

한 가지 사실에도 기쁨과 슬픔이 함께 잠재해 있다는 것을 새삼 깨닫게 됩니다. 기쁨만 있다거나 슬픔만 계속된다면 우리네 인생에 무슨 깊은 의미가 있을까요. 어두운 밤은 언제나 밝은 대낮을 잉태하고 있듯이, 희로애락이 교직되어 있음으로 해서 짧은 인생의 의미가 더욱 심오해지는 게 아닐까 싶습니다.

어제 오늘, 기쁨에서 슬픔으로 제 마음이 변화된 것도 그 나름 뜻이 없지는 않을 것입니다. 인생이란 이렇게 때가 되면 자연히 알게 될 일입니다. 그러니 지금의 이런 제 심정을 저 아이들에게 구태여 말해 본들 이해할 리 없을 것 같습니다. 저희들 스스로가 느끼기 전에 인생의 의미를 피상적으로 들어 이해할 문제는 아닌

듯합니다. 그러기에 어머님도 자신의 심정을 제게 한 번도 말씀 해 주지 않으셨던 것이겠지요.

비단 제 어머님뿐이겠습니까. 나이 들면 누구나 다 이 외로운 인생길을 넘어가야만 합니다. 그러니까 모두들 말없이 참으며 걸어가고 있는 것 아닐까요. 저 또한 외로움을 묵묵히 참고 견디며 걸어가겠습니다. 애들이 보고 싶은 마음도, 늙어 가는 것에 대한 아쉬운 미련도 이제는 의연하게 이겨 내렵니다. 어머님이 걸어가 셨던 모습 그대로 따라 하렵니다.

저 하나의 마음도 추스르기 어려운데, 개구리들마저 저렇게나 슬피 울어 대니 더는 이대로 앉아 있기가 힘이 듭니다. 오지 않는 잠을 억지로라도 청해 봐야겠습니다.

<u>5</u>

가로등 불빛을 바라보며

깊은 밤, 창가에 서서 창밖을 보고 있습니다. 인적이 끊긴 집
앞 오솔길에 가로등 하나가 외롭게 불을 밝히고 서 있습니다. 모
든 것이 깜깜한 어둠 속에 묻혀 아무것도 보이지 않는데 오직 저
가로등만이 제 모습을 드러내고 있습니다. 하릴없는 저는 저것에
라도 잠시 마음을 붙여 봅니다.

불가에서는 한낱 미물인 벌레 한 마리, 꽃 한 송이, 나무 한 그
루에도 감정이 있다고 하지요. 하늘과 땅, 하다못해 바윗돌 하나
에도 정(情)이 있어서 서로 응(應)한다[4]고 합니다. 그렇다면 저 가
로등도 분명 뭔가를 느끼고 있을 텐데, 지금은 무엇을 느끼고 있

---

4 김일엽 스님의 수필, 『사랑이 절벽에 부딪쳤을 때』에서 인용함.

을지 궁금합니다. 저와도 과연 호응할 수 있을까요.

저처럼 혹시 외로움이나 답답함 같은 걸 느끼고 있다면 아마 우리는 잘 소통할 수 있을 것입니다. 동병상련이니까요. 저는 지금 저 가로등의 마음을 느껴 봅니다. 저 가로등의 말을 들어 봅니다.

늘 같은 공간에서 거의 같은 장면만을 바라보며 지내는 삶이 왜 외롭고 답답하지 않겠냐고 심정을 토로합니다. 낮에 자고 밤엔 깨어 있기 때문에 사람 얼굴을 보기가 쉽지 않고, 동료가 있긴 하지만 멀찍이 떨어져 있어서 얘기도 나누지 못한답니다. 외롭답니다. 온종일 한자리에만 붙박여 지내는 게 갑갑하답니다. 평생을 이렇게 살아야 한다는 게 눈물 날 정도로 슬프다고 말합니다. 하지만 이게 자신에게 주어진 숙명인 것을 어떻게 하겠냐며 허허 웃어 보입니다.

그래도 자기에겐 하루 종일 일하다가 저녁에 집으로 돌아오는 사람들을 만나 보는 기쁨이 있고, 새벽에 일어나 일하러 나가는 사람들을 격려해 보내는 보람이 있어 그나마 다행이라고 합니다. 한여름엔 늦은 밤에도 사람들이 가끔 자기를 찾아와 준다고, 그것이 고맙다고도 말합니다. 그런 위안마저 없다면 어떻게 살 수 있겠냐며 계속 허허댑니다.

문득 제 자신이 부끄러워집니다. 처지가 저 가로등보다 한결 나은데도 아무런 보람이 없다는 게 창피합니다. 심지어는 저 가로등이 부럽기까지 합니다.

저는 한자리에만 붙박여 있지는 않습니다. 외로우면 친구를 만나기도 하고, 답답하면 집사람과 여행을 다녀오기도 하니까요. 그게 여의치 않으면 허공에 '으아' 하고 소리쳐서 가슴에 응어리진 쓸쓸함과 갑갑함을 풀어 버릴 수도 있지 않습니까.

사는 처지가 이렇게 저것보다 나은데도 정작 저에게는 사는 보람이 별로 없습니다. 때 되면 일어나 밥 먹고 놀다가, 때 없이 다시 잠을 자는 동물적인 삶을 산 지 오래되었습니다. 세상의 모든 존재들은 각자 나름의 방식으로 보람을 느끼며 잘들 살아가는데, 저만은 이렇게 아무런 보람도 없이 살아가고 있습니다. 몸만 살아 있지, 마음은 죽어 있는 듯합니다.

이 상태로 계속 지낼 수는 없습니다. 살아갈 날이 아직 쇠털같이 많은데, 이렇게 주저앉아 있을 수만은 없습니다. 저도 이제부터는 뭔가 사는 보람을 찾아야겠습니다. 몸의 안락(安樂)보다는 마음의 자만(自滿)을 느끼며 남은 생을 제대로 살아 봐야겠습니다.

어떻게 하면 사는 것 같게, 사람답게 살 수 있을지 저 나름 고민해 보는 중입니다.

제 깜냥으론 세계 인류를 위해, 민족과 나라를 위해 불을 크게 밝히기는 어려울 것 같고, 그저 가로세로 10미터 정도를 비추는 저 가로등 불빛 정도라면 혹시 해 볼 수 있지 않을까 기대해 봅니다. 가령, 길 가는 어린애를 안전하게 돌보아 주는 일이나 병원에서 아픈 사람의 수발을 드는 일, 아니면 길거리에 버려진 작은 쓰레기를 줍는 일이라면 혹시 모르겠습니다.

그런 일들조차도 꾸준히 하기란 제 푼수에 쉽지 않겠지만 그래도 용기를 내어 보렵니다. 예전에도 몇 번인가 마음먹어 본 적이 있었지만 정작 실행할 용기가 없어서 아직 시도조차 해 보지 못했습니다. 하지만 더 이상 이렇게 무위도식하고 있을 수는 없습니다. 사는 보람을 저 나름 찾아봐야겠습니다.

앞으로는 저 가로등 불빛을 수시로 바라보며 '이번만큼은 중도에 포기하지 않겠다'는 의지를 꾸준히 다져 보렵니다.

가로등 불빛이 갑자기 환해진 듯합니다. 제게 잘 생각했다고 격려해 주는 것 같습니다. 고작 결심만 했을 뿐인데도 벌써부터 마음이 뿌듯해집니다.

6

둥근 돌

40년 전쯤에 수석을 처음 보았다. 친구 집 거실에서였다.

친구 아버지가 가지런히 진열된 수십 개 수석들을 하나하나 헝겊으로 정성껏 닦고 계셨다. 가끔 분무기로 물을 뿌리기도 하면서 흐뭇한 미소를 지으셨다. 그 어른이 자리를 비울 때 자세히 살펴볼 수 있었다. 실물을 축소한 듯한 형상에 매료되고 말았다. 고풍스러운 무늬가 들어 있는 것도 있었고, 은은한 색감을 자아내는 것도 있었다.

친구에게 돌의 출처를 물었더니, 자기 아버님은 틈만 나면 돌밭에 나가 돌을 주워 온다고 했다. 전국 방방곡곡 안 다닌 데가 없다고 했다. 발품만 팔면 된다는 말에 귀가 솔깃해졌다. 나중에 나도 생활에 여유가 생기면 돌밭에 나가 저런 돌들을 주워 오고 싶다고 생각했었다. 남들이 다 주워 가도 몇 개쯤은 내 몫으로 남아 있으려니, 그렇게 믿었다.

그때 나는 수석이란 말을 모르고 그냥 돌로만 알고 있었다. 나중에 알게 되었지만, 그 뜻까지는 이해하지 못하고 있었다. '수'란 글자가 그저 물 수(水)이거나, 빼어날 수(秀)가 아닐까 생각했었다.

세월이 한참 흐른 어느 날, 문득 수석이 생각났다. 이제는 먹고 사는 문제가 어느 정도 해결되었으니 돌밭에 가 봐야겠다고 마음 먹었다. 한데, 다른 문제가 생겼다. 집사람이 내켜 하지 않는 것이었다. 나만 좋다고 갈 수는 없었다. 어느 돌밭에 가야 할지도 잘 모르겠고. 하는 수 없이 또 미루고 말았다. 언제가 될지 모르는 먼 훗날로⋯.

그래도 미련이 남았는지, 어쩌다 강가나 바닷가에 가게 되면 여기저기 널려 있는 돌들을 유심히 살펴보았다. 하지만 상상했던 모습의 돌은 없었다. 모난 것, 움푹 파인 것, 주름진 것을 모처럼 찾아 손에 들고는 이리저리 뜯어보았지만 죄다 마땅치가 않았다. 빈손으로 돌아가기가 아까워 깜도 안 되는 돌 하나를 집어 들고 집에 갖고 가겠다고 했다. 집사람이 나를 딱하다는 눈초리로 쳐다보았다. 말은 안 했지만 그것도 수석이냐고 묻는 것 같았다.

그러거나 말거나 집에 몇 개 갖다 놓았다. 그러고는 이따금씩 돌을 들고 내 나름 감상해 보았다. 흡족하지가 않았다. 아쉽게 생

각되는 구석이 늘 있었다. 받침대 없이 두고 보았다. 한동안 보지
않다가 다시 보려고 그 돌을 찾으면 없을 때가 많았다. 어느새 집
사람이 바깥에 갖다 버린 것이었다. 그랬다고 화를 낼 수도 없고.
그런 일로 옥신각신할 만큼 수석에 빠진 것도 사실 아니었다. 그
저 조금 섭섭했을 뿐이었다.

얼마 전에 집사람과 강원도에 다녀왔다. 그곳에 가면 으레 드
라이브하는 코스가 정해져 있다. 카페 로사에서 원두커피 한 잔
을 마시고, 바다가 보이는 전망대 휴게소에서 잠시 쉬었다가, 묵
호항에 가서 자연산 회를 사먹는다. 그러고는 추암 해수욕장에
들러 촛대바위를 보고, 바닷가를 거닐다가 설악산으로 올라간다.
케이블카도 타 보고, 계곡 물에 발을 담가도 보고, 그러다가 물회
나 막국수 한 그릇 먹고는 집으로 돌아온다.

예외는 없었다. 이번에도 똑같은 코스를 지나왔다. 계곡 물에
발을 담갔다가 손바닥만 한 둥근 돌 하나를 주웠다. 물속에 비친
황혼 빛 때문이었을까. 돌의 색깔이 오묘하게 보였다. 물 밖에 꺼
내 놓고 보니 그저 평범한 돌이었지만 그냥 놓고 오기가 아까워
들고 왔다. 집에 돌아오자마자 수돗물을 받아 돌을 집어넣어 보
았다. 아까만큼은 아니지만 색감이 되살아난 듯했다. 그윽한 멋
이 조금은 있어 보였다. 버릴까 하다가 갖고 있기로 했다.

그 후로 가끔 그 둥근 돌을 들여다보았다. 다른 돌들은 '여기만

이렇게 생기지 않았어도 좋았을 텐데' 하는 아쉬움이 있었다. 그런데 이 돌은 볼수록 마음이 편해졌다. 말 그대로, 원만하게 생겨서 그랬는지 모른다. '이렇게 둥글게 되기까지 얼마나 오랜 세월 제 살이 깎이는 아픔을 감수했을까. 저 자신이 먼저 이렇게 되고 나서야 비로소 다른 누구에게도 불편한 느낌을 주지 않게 되는구나.' 둥근 돌을 볼 때마다 그런 생각을 하면서, 나는 나의 모난 성격을 되돌아보곤 했다.

재작년 봄에 등단했다. 그해 늦가을에 어느 문인회로부터 가입을 권유받아 입회하였고, 작년 정기총회에서 뜻하지 않게 감사로 선출되었다. 거절하기가 뭐해, 맡기로 마음먹었다. 올해부터 임기가 시작이다.

금년 정기총회가 열려 참석하였다. 취임 인사말을 마음속으로 준비하고 있었다. 그런데, 시작하자마자 회장과 감사를 다시 선출하겠다고 하였다. 사정이 생겨 회장이 사임하였다는 게 그 이유였다. 황당했다. 정관에는 회장과 감사를 따로 선출하기로 되어 있고, 나는 그 절차에 따라 엄연히 감사로 선출되었었다.

'회장이 그만둔다고 해서 이미 선출된 감사를 다시 뽑겠다니. 그것도 나에겐 한마디 양해도 구하지 않고.'

내 인격을 이렇게 무시해도 되나 싶어, 속에서 불끈했다. 일어나서 한마디 하려는 순간 둥근 돌이 불쑥 떠올랐다. 그리고 아무

일도 일어나지 않았다. 나만 그 자리를 슬그머니 피해 밖으로 나왔을 뿐이다. 웃고 떠드는 소리가 뒤에서 들려왔다. 쓴웃음이 나왔다.

집에 돌아와 둥근 돌을 들여다보고 있다. 이 돌이 무엇이기에 나를 참게 하였을까?

수석이란 말에 생각이 미치자 백과사전을 찾아본다. '壽石'이다. 목숨 수다. 아, 그래서 다른 돌들은 그저 내게 눈 맞춤만 했을 뿐이지만 이 돌은 나에게 저의 뜻을 전해 주었구나.

잃는 것이 있으면 얻는 것도 있는 법. 둥근 돌이 내게 가르쳐 준 뜻을 마음에 새겨 놓는다.

'참아라. 그만한 일도 참지 못하면 어떻게 둥글어지겠느냐.'

7

홀로 사는 슬픔

부인 없이 홀로 사는 어느 노인이 자신이 죽었다는 부고장을 자식들에게 보냈다. 성탄절이 가까워 오는데 올해도 오지 않을 것 같아 그런 거짓말을 했던 것이다. 소식을 들은 자식들이 슬픈 얼굴로 집에 들어섰다. 그런데 눈앞에 펼쳐진 식탁 앞에 돌아가셨다는 아버지가 앉아서 자신들을 맞이하고 있지 않은가. 처음엔 놀랐다가 이렇게 하지 않으면 자식들 얼굴을 볼 수 없어서 그랬다는 말씀을 듣고, 모두들 웃고 즐거워하며 행복한 성탄절을 보냈다.

이 기막힌 내용은 독일의 어느 회사가 유튜브를 통해 방영한 광고였다. 이 동영상을 본 많은 사람들이 감동받았다고 세상이 떠들썩하다. 나 역시 깊이 느끼는 바가 있었다.

얼마나 외로웠으면 그랬을까. 얼마나 보고팠으면 그런 거짓 부고장을 보냈을까. 돌아가신 부인이야 만나 볼 도리가 없으니, 자식들만이라도 보고 싶으셨겠지. 홀로 사는 그 노인의 마음이 헤아려졌다. 사실, 나도 오래전부터 홀로 사는 것에 대한 두려움을 갖고 있었다. 짝 잃은 슬픔을 견뎌 낼 자신이 없어서였다.

홀로 산다는 의미를 나는 넓게 해석하고 싶다. 배우자도 없고 가족도 없는 혈혈단신의 사람은 물론이고, 가족이 설령 곁에 있다 하더라도 짝 잃은 부부 모두를 그 범주 안에 포함시키고 싶다.

그런 의미에서 보면 내 어머님도 홀로 사는 슬픔을 오랫동안 안고 사셨다. 유복자인 남동생과 네 살배기인 나를 키우며 남몰래 수없이 많은 눈물을 흘리셨다. 내가 곁에 있어서 조금은 위안이 되었을지 모르지만, 수십 년 긴 세월을 외롭게 보내신 어머님의 한을 풀어 드리기엔 턱없이 모자랐을 것이다.

유튜브의 내용이 남의 일 같지가 않았다. 그 노인의 자식들처럼 나도 그랬다. 얼굴 한 번 보여 드리기 힘들고, 바쁜 사람 부른다고 투정이나 부리고, 모처럼 찾아가서는 살갑게 대하지 않고 어떻게든 집으로 빨리 되돌아갈 생각만 했었다. 어머님이 돌아가시고 나서야 비로소 내가 크게 불효했다는 후회가 밀려들었다.

살아 계셨을 때 다짐했던 '나중에 효도하겠다.'는 말은 공허한 자위에 불과했다. 그때까지 기다리지 않고 떠나실 것을 미처 생각지 못했던 것이다. 어머님의 외로운 심정을 진즉 살뜰히 살폈어야 했는데, 나는 너무나 어리석었다. 지금도 그 생각만 하면 잠을 못 이룬다.

자식이 부모를 아무리 잘 모신다 하더라도 짝 잃은 서러운 마음을 속속 깊이 알 수는 없을 것이다. 저는 아마 이해한다고 말할는지 모르겠지만, 그것은 어디까지나 피상적인 감상일 뿐이다. 마음 한구석이 텅 빈 듯한 그 느낌을 몸소 겪어 보지 않은 사람이 알면 얼마나 알 것인가. 무엇으로도 채울 수 없는 그 외로움을 그나마 자식 얼굴을 지켜보면서 위로받으며 혼자 속으로 삭이는 건데, 그걸 모르고….

내가 실행하지 못한 효도를 아들딸에게 강요하는 것도 부끄럽다. 나를 나처럼 알아주는 이는 오로지 내 짝뿐이다. 함께 오래 살아야 한다. 하지만 언젠가는 헤어질 수밖에 없는 운명 아닌가. '홀로 사는 슬픔'은 정말 생각조차 하기 싫다.

젊을 때는 의식하지 않았던 독거를 나이 들면서는 계속 의식하고 있다. 생각할수록 겁이 자꾸 난다. 그런 일이 벌어질 것을 예상하지 않으려고 애써 노력하던 중이다. 그런데 거짓 부고장을 보낸 그 노인이 나로 하여금 홀로 사는 슬픔을 다시 또 생각나게 한 것이다.

나중에 일어날 일이지만 내가 아니면 집사람, 둘 중 한 명이 마음 아파하며 살 일이 벌써부터 걱정이다. 내가 먼저 가면 아내가 염려되고, 그녀가 먼저 가면…. 아, 나는 감당키 어려울 것 같다. 걱정해 봤자 소용없는 일이란 것을 번연히 알면서도 또 걱정하고 있다.

설거지하는 아내에게 살며시 다가가, 등허리를 꼭 끌어안는다. 참 따스하다. "왜 이래요?" 하면서도 웃는다. 싫지 않은 눈치다. 이렇게 서로 의지하며, 오래도록 살고 싶다.

늦은 오후

길을 걷고 있습니다. 해 뜰 때 집을 나와 온종일 길을 걷다가, 이제 집으로 되돌아가는 중입니다. 어느덧 그림자 길게 누운 늦은 오후가 되었습니다.

어디에든 주저앉아 쉬고 싶습니다. 내 나이 고작 60인데 벌써 이렇게나 지쳐 있습니다. 저 멀리 그리운 집이 보입니다. 이제 거의 다 왔습니다. 다시 힘내어 걸어갑니다.

머잖아 하늘엔 붉은 노을이 물들고 길엔 땅거미가 내려앉을 것입니다. 뒤이어 까만 밤이 소리 없이 찾아오겠지요. 하루가 긴 것 같아도 실은 이렇게나 짧습니다. 하루를 사나 백 년을 사나 마찬가지입니다. 짧고 긴 차이는 있겠지만 지나고 나면 똑같이 허무

하니까요. 더 살면 아름다운 순간을 마음에 더 담을 수 있으니 딱 그만큼만 좋을 뿐입니다.

오늘 하루, 걸어온 길을 되짚어 봅니다. 스쳐 지나간 많은 사람들, 이런저런 사물들, 보고 들었던 여러 일들을 일일이 기억해 봅니다. 누구에게나 있을 법한, 그저 평범한 한나절이었습니다. 하루를 거의 다 보내고도 기억에 남을 만한 아름다운 장면을 하나도 건지지 못했다면 온종일 낚시하고 난 후에 빈 어망을 들여다보는 것만큼이나 허망한 것입니다.

고기를 낚으려면 기술이 필요하듯이, 아름다운 순간을 포착하려면 그럴 만한 안목이 있어야 합니다. 나는 이 나이가 되도록 아직 그런 능력을 갖추지 못한 것 같습니다. 오늘 하루가 비록 평범한 일상이었더라도 그 가운데 기념으로 간직할 만한 장면이 있었는지 곰곰이 회상해 봅니다. 빈손으로 돌아가기는 섭섭하니까요.

인생을 길에 비유하는 것은 참으로 적절해 보입니다. 길에서 우연히 만난 사람들, 그들과 얽힌 사건들. 그 안에는 우리가 무심히 지나쳐 버린 낯선 것들도 분명 끼어 있을 것입니다. 한참 지나고 나서야 아차 하고 뒤돌아볼 때는 이미 늦습니다. 인생길이란 그런 것이지요. 말로는 설명이 안 되는, 그러나 언젠가는 자연히 깨달아지는, 그런 낯선 길입니다.

어느 길목에선가 청춘이 내게 다가온 것 같더니 모르는 사이에 스쳐 지나가고 말았습니다. 오는 줄도 모르고 있다가, 가고 나서야 그것의 아름다움을 깨닫게 되었습니다. 이제는 점점 멀어져 가는 뒷모습만을 바라볼 뿐입니다. 이렇게 우리의 감지능력은 믿을 것이 못 됩니다. 지나온 길이라도 자주 되돌아보고, 아름다운 순간을 놓치지 않았는지 잘 살펴봐야 합니다.

걷다 보니 어느덧 낯선 골목에 들어섰습니다. 생각지도 않은 늙마가 저만치서 내게 어서 오라고 손짓하고 있습니다. 외면하고 싶지만 속마음과 다르게 웃음까지 지어 보입니다. 그래야 해코지를 당하지 않을 테니까요. 앞으로 내게 어떤 일이 일어날지 불안합니다. 애써 담담해지려고 노력하는 중입니다. 피해서 될 일은 아니니까요.

걷다가 잠시 서서 그림자를 들여다봅니다. 길게 드러누워 내 얼굴을 마주 보고 있습니다. 나에게 '오늘 하루, 수고 많았다.'고 말해 주는 듯합니다. 밟지 않으려고 가려 디뎌 봅니다. 그래도 자꾸 나를 따라다닙니다. 점점 더 짙어지다가 어느 한순간에 어둠 속으로, 아니 땅속으로 사라져 갈 내 그림자. 있기는 있으되 형체가 없는 이 그림자가 꼭 내 영혼인 것만 같아 안쓰러워집니다.

오늘 하루 내가 걸었던 길, 그리고 지금 걷고 있는 이 길이 바로 내 인생길의 한 부분이란 것을 새삼 깨닫습니다. 멀리 보이는 저 집에 들어가고 나면 내일이 오기까지 나는 아마 이 세상과 단

절되어 있겠지요. 놀다가 그만둔 어린애처럼 집으로 돌아가기가 싫어집니다. 걸어왔던 길을 뒤돌아보며 한참을 서성입니다. 그러면서 사색에 빠집니다.

그 사이에 그림자가 한 뼘이나 길어진 것 같습니다. 오후는 오전보다, 저녁은 오후보다 시간이 더 빠르게 흘러가는 것 같습니다. 다가올 어둠이, 새까만 밤이 왠지 무서워집니다. 요즘은 나이 탓인지, '잠들면 내일 아침에 깨어날 수 있을까?' 하는 쓸데없는 걱정을 하곤 합니다. 그러다가도 아무 일 없이 '고이 잠들면 좋겠다.'는 이상한 희망을 품곤 합니다.

왜 벌써 늦은 오후가 된 것일까요. 아름다운 기억을 아직 몇 개 줍지도 못했는데….

남은 저녁 시간만이라도 기쁘고 즐겁게 지내야겠습니다. 아름다운 순간을 하나라도 더 건져야지요. 그래야 마음 편히 눈을 감을 수 있을 것 같습니다.

<u>9</u>

정죄산 답사

– 단테의『신곡(神曲, La Divina Commedia)』중「연옥」편을 읽고 –

발로 걸어 올라갔어야 제격인 산행을 불가피 책으로 읽어 올라
갔다. 정죄산(淨罪山), 듣도 보도 못한 산이라 별 수 없었다. 지은
죄가 너무 많아 그런지 이름을 부르기가 여간 섬뜩치 않았다. 그
래도 어떤 곳인지 궁금해 참을 수가 없었다. 단테의 안내를 받아
가며 산 정상에까지 겨우 올라가 봤다.

일곱 구비의 가파른 비탈길. 여기저기에 웬 사람이 그리도 많
은지. 하나같이 뭔가 모를 고통을 받으며 눈물을 흘리고 있었다.
표정만큼은 이상하게도 어두워 보이지 않았다. 생판 모르는 사
람들뿐이라 건성으로 보고는 그냥 지나쳐 올라갔다. 아는 얼굴도
간혹 있긴 했지만 단테의 뒤를 놓치지 않으려고 인사조차 변변히
나누지 못했다.

단테는 정죄산에 대해 여러 가지를 설명해 주었다. 대부분은 잊어버렸고, 기억에 남는 것이라곤 가령, 죄는 기도로 씻을 수 없다[5]거나, 죄를 짓지 않았어도 신앙이 없으면 천국에 갈 수 없다[6]거나, 죄를 짓는 동안에라도 하나님을 향해 서 있던 사람들은 그나마 그곳에 있을 수 있다[7]는 정도뿐이다.

곰곰이 생각해 보니, 이런 얘기도 들은 것 같다. 정죄산에서 자기의 잘못을 눈물로 모두 참회하고 난 후에라야 비로소 천국으로 올라갈 수 있다고. 그곳을 지키는 문지기 천사가 단테에게 '벌 받는 고통을 생각하지 말고, 벌 받은 뒤에 올 기쁨을 생각하라[8]'는 충고를 해 줬다고. 그래서인지, 그곳에 있는 사람들 모두가 자신이 받고 있는 고통을 그나마 다행이라 여기며, 자신이 지은 죄업이 다 닦여져 없어지기만을 기다리고 있는 것처럼 보였다.

정죄산에는 살아생전에 오만, 시기, 분노, 태만, 인색, 낭비, 탐식 등의 죄를 지었으나 죽기 전에 뉘우친 사람들이 온다고 했다. 그런가 하면 땅 밑의 지옥에는 비슷하거나 더 무거운 죄를 짓고도 회개하지 않은 사람들이 영원히 구원받지 못한 채 끊임없이

---

5 단테의 『신곡』 중 6곡 40줄

6 단테의 『신곡』 중 7곡 7~8줄

7 단테의 『신곡』 중 11곡 89~90줄

8 단테의 『신곡』 중 10곡 109~110줄

고통 속에 나날을 보낸다고 했다. 뒤늦게 후회해 본들 소용없다고 했다.

산비탈을 올라가면서 자신이 지은 죄에 상응하는 벌을 받고 있는 사람들을 곁눈질하며, 나는 계속 내가 그간에 지은 죄가 무엇인지, 나중에 이곳에라도 올 자격은 갖추었는지를 속으로 가늠하였다. 자신할 수 없었다. 이제부터가 중요하다고 생각했다.

이번 산행은 매우 특이했다. 정상에 가까이 올라갈수록 지치고 힘이 들어야 당연한데도, 반대로 몸이 가뿐해지면서 상쾌해지는 것 같았다. 단테는 그 이유를 이렇게 설명해 줬다. 죄를 털어 내야 한 구비씩 올라갈 수 있고, 높이 오를수록 죄의 무게가 덜어져 그만큼 가벼워지는 것이라고. 자신이 지은 죄를 모두 말끔히 털어 낸 후에 정상에 올라서면 천사처럼 하늘을 마음대로 날아다닐 수 있다는 것이었다.

산꼭대기까지 올라가 보니 과연 그럴 것처럼 몸이 가벼워진 느낌이 들었다. 그래도 나는 내 죄를 씻어 낸 게 아니라, 단테의 안내를 받아 그곳 정상에 올라갔기 때문에 함부로 몸을 움직일 수 없었다. 그러다간 털어 내지 못한 내 죄의 무게 때문에 산 아래로 곤두박질할 것 같은 두려움을 느꼈다. 겁이 나서 다리가 후들거렸다.

답사를 마치고 하산했다. 지금도 그 산 곳곳에서 많은 사람들이 속죄하고 있던 광경이 떠오른다. 눈물로 참회하며 죗값을 치르고 있는 모습들이 머리에서 지워지지 않는다.

며칠 전 어버이날에 딸애가 내게 선물한 단테의 『신곡』 중 「연옥」편을 읽었다. 그 애가 내게 그 책을 한번 읽어 보라고 권한 것이 우연한 일 같지 않게 느껴졌다. 내게 더 이상은 죄짓지 말라는 일종의 경고처럼 생각되었다. 내 스스로 죄를 줄이지 않으니, 하나님께서 딸을 통해 나를 계도하시려는 게 아닌가 싶었다.

이제부터는 죄짓지 말아야겠다. 그래도 혹시 모르니까, 하나님을 향해 서 있어야겠다. 천국엔 못 가더라도 정죄산만큼은 꼭 가고 싶다.

10

밤새 안녕하셨어요

간밤에 천둥번개가 치고 비바람이 세차게 불었다. 일어나자마자 재난을 당한 곳이 어딘지, 얼마나 많은 사람들이 다쳤는지 궁금해서 TV를 틀었다. 여러 곳에서 물난리가 나고 정전이 되어 큰 불편을 겪었던 모양이다. 다행히 인명 피해는 없었다고 한다. 현장에서 앵커가 실감나게 뉴스를 전하는데도 집사람도 딸에도 모두 심드렁하다.

언제나 이랬다. 자신에게 닥친 일이 아니면 아무도 관심을 갖지 않는다. 사건 사고 소식을 하도 자주 들어 그럴 것이다. 내려오지 않는 늑대가 내려온다고 거짓말하는 것도 아닌데, 전혀 심각하게 받아들이지 않는다. 나도 물론 그랬다. 한데 오늘은 왠지 우리가 이래서는 안 되는 게 아닐까 하는 생각이 들었다.

아침에 길을 나섰다가 마주친 이웃들에게 여느 때처럼 인사를 나누었다. 평소엔 "안녕하세요?" 하던 인사말을 오늘은 "밤새 안녕하셨어요?"로 바꿔 보았다.

그러자 보통 때 같으면 건성으로 똑같이 "안녕하세요?" 하거나 "아, 예." 하고 말던 대답이 밤새 무슨 일이 생겼냐는 물음으로 진지하게 바뀌었다. "아랫동네에서 물난리가 크게 났다지 뭐예요. 정전도 되었다고 하구." 하였더니, 예전처럼 "아, 예." 하고는 피식 웃고 만다. '난 또 무슨 별일이나 생겼다구.' 하는 뒷말이 그분의 얼굴에서 읽혔다. 나는 멋쩍게 그냥 웃고 말았다.

피식 웃으며 "아, 예." 하던 그분의 말이, 그 묘한 뉘앙스가 한참이나 귓전에 맴돈다. 나이 든 만큼이나 경험도 많으실 아저씨가 오늘따라 그만한 일로 웬 호들갑이실까 하는 표정이 눈에 보이는 듯하다. 그리고 보니 세상은 늘 그래 왔는데, 새삼스럽게 별것도 아닌 일에 내가 오늘은 정말이지 이상해진 것 같긴 하다.

어쩌면 그분처럼 무덤덤하게 지나쳐야 하는 건지도 모르겠다. 하루가 멀다 하고 사고가 일어나는데, 자신에게도 닥칠지 몰라 전전긍긍하며 헛되이 지낸다면 한 번뿐인 짧은 인생이 너무나 아깝지 않은가.

그러고 말았는데, 이상해진 것은 내가 아니라 세상이 아닐까 하는 의구심이 다시 고개를 든다. 아무리 생각해 봐도 하늘이 우리에게 예전보다 더 자주, 더 심한 충격을 주는 게 여간 심상치가 않다.

밭작물이 타들어 가는 긴 가뭄을 내려 주시는가 하면 한꺼번에 많은 양의 비를 퍼붓고 계시지 않는가. 우리에게 뭔가를 경고하려는 게 아닐까 의심이 들 정도다. 멀쩡하던 산들이 폭발하고 땅이 푹 꺼져내려 수백 명의 사상자가 속출하는 것만 봐도 그렇다. 그런 일들이 마치 예상이나 되었던 것처럼 말들을 하지만 우리는 속수무책으로 당하고만 있지 않은가.

천재지변이야 어쩔 수 없는 일이라 하더라도 우리 스스로가 사람 목숨을 가볍게 여기는 일들은 뭐라고 설명할 것인가. 사람이 다칠 것을 뻔히 알면서도 위험한 짓을 서슴지 않고, 이유 같지 않은 이유로 사람들을 해치고, 심지어 툭하면 자신의 목숨을 초개처럼 버리는 일들이 너무나 빈발하지 않은가. 아무리 생각해 봐도 지금의 세상은 정상이 아니지 싶다.

엊저녁에 본 드라마가 문득 떠오른다. "하늘이 괜히 사람들 머리 위에 있는 게 아니야. 세상을 굽어보다가 잘못한 사람들에게 벌을 내리시려는 거지." 하늘이 무심치 않을 거라는 말에 마음이 그만 섬뜩해진다. 그런 나쁜 사람들 곁에 있다가 무고하게 해를 입을 것만 같아 두렵다.

물이 너무 오염되면 그 안에 살고 있던 모든 생명들이 함께 목숨을 잃는다. 모두가 공멸하고 마는 것이다. 오염은 어느 한순간에 일어나는 게 아니라 서서히 진행된다는 사실을 우리는 기억해야 한다. 밤새 안녕하셨는지 묻지 않을 정도로 착한 세상이 되어야 하는데, 아무래도 지금은 물어야 할 상황이 아닌가 싶어 은근히 걱정된다.

별일 아니라는 듯, 피식 웃던 그분의 얼굴이 다시 떠오른다. 내가 과민한 것이라면 차라리 좋겠다.

11

봄, 꽃구경

동백꽃 떨어지자 기다렸다는 듯 봄이 찾아왔다. 산수유, 매화가 피고 지더니 요즘은 샛노란 개나리에 붉은 진달래로 온 산이 울긋불긋하다. 일찍 핀 꽃은 벌써 지고 없는데 그 뒤를 이어 다른 꽃들이 피어나 마치 제 세상인 양 우쭐댄다.

사람들은 새로 피어난 꽃들의 향연에 흠뻑 취해 있다. 불과 열흘뿐인 생명이 줄지어 세상에 나왔다가 곧바로 사라졌는데, 그것에 대해선 아무런 말이 없다. 사라진 것을 잊어서가 아니라, 생각하고 싶지 않아서일 것이다. 언젠가는 자신도 사라져야 한다는 것을 너무나 잘 알기에, 살아 있는 동안은 오로지 살아 있음만을 느끼고 즐기다가 후회 없이 떠나고 싶은 마음 때문일 것이다.

남은 생을 생각하면 꽃이 핀 모습만을 보기에도 아까운 시간 아닌가. 새로 피어난 꽃의 환희에 들뜬 모습을 보며 함께 기뻐하고, 지는 꽃의 아쉬운 몸짓을 보며 동병상련을 느끼는 사람들 속에 나도 늘 있었다. 날이 갈수록 점점 메말라 가는 감성을 더는 잃지 않으려면 꽃구경만큼 좋은 것은 없었다.

그랬던 내가 언제부턴가 이상해진 것 같다. 꽃구경을 하고 돌아오면 뭔가 내 안이 더 충만해졌음을 느껴야 하는데, 오히려 공허해진 듯하다. 내게 다가올 긴 겨울을 견뎌 낸다고 해서 봄이 다시 온다는 기약이 없는 나의 상황과, 해마다 언 땅에서 새싹을 돋우고 꽃을 피워 내는 저 봄꽃들의 상황이 서로 같지 않게 느껴지는 것이다.

올해부터는 무더기로 피어난 꽃들의 화려한 겉모습을 눈으로 보고 즐기기보다는, 차라리 한 송이 꽃에서라도 겨울을 이겨 낸 그 부러운 생명력을 마음으로 느껴 봄으로써 나에게도 똑같은 기적이 일어나기를 간절히 바라고 싶다. 일지에 담긴 춘심만이라도 오롯이 헤아려 봄으로써 봄을 정말 봄답게 느끼고 싶은 것이다.

봄을 느낀다는 말은 내게 아직 희망이 있다는 의미다. 봄꽃의 왕성한 생명력을 몸과 마음으로 실제 느껴 본다는 뜻이기도 하며, 나도 어쩌면 내세를 기약할 수 있다는 가능성이자 내가 아직 살아 있다는 일종의 증명이기도 하다. 한 송이 꽃이라도 더 세심히 살펴보고, 열흘이란 짧은 생을 과연 어떻게 보내는지, 어떤 마음으로 생을 마치는지 알고 싶어진다.

마실 나간다는 핑계를 대고 문밖에 나선다. 집 앞 오솔길을 따라 안으로 계속 들어간다. 길가에 핀 꽃들에게 안녕하냐고 일일이 인사하면서 사람 구경이라곤 하지 못했을 법한 깊은 곳까지 들어간다. 저 멀리에 홀로 피어 있는 꽃 한 송이가 보인다. 다가가 본다.

무릎 근처밖에 자라지 않은, 키 작은 이 소박한 꽃의 이름이 뭔지 잘 모르겠다. 손톱만 한 하얀 꽃잎이, 보자 몇 개인가, 하나 둘 셋… 모두 다섯 개다. 반갑다고 가는 꽃줄기를 살짝 잡아 쥐며 "넌 참 곱다"고 말을 붙인다. 알아들었는지 방긋 웃는다. 칭찬부터 해 주고 나니 소통이 한결 수월하다.

"애야, 네 이름은 뭐냐?"

수줍어 웃는 모습이 마치 "몰라요" 하는 듯하다. 하긴, 우리들이 제멋대로 붙인 이름을 이것이 알 리 없을 것이다.

"넌, 왜 남들처럼 키가 자라지 않은 거니?"

말을 알아들은 것 같긴 한데 대답이 궁한지 우물쭈물한다. 이번엔 쉽게 대답할 수 있을 것 같은 질문을 해 본다.

"넌 언제 피어났니?"

"그게 무슨 말이에요?"

그래, 잘 모르겠지. 네가 인간이 정한 시간 개념을 알기야 하겠느냐.

"그래, 세상이 살 만하더냐?"

"좋아요."

"뭐가 그리 좋더냐?"

"다 좋아요."

그래도 궁금한 듯이 계속 바라보니까, 말을 덧붙인다.

"해도, 달도, 바람도, 이슬도, 모두모두 좋아요."

"저 옆의 꽃은 벌써 떨어졌구나. 슬프지 않으냐?"

"전 그런 것 몰라요."

그러면서 나를 이상하다는 듯이 쳐다본다. 세상에 나왔으면 적당한 때에 살던 집으로 되돌아가야 하는 것 아니냐고 묻는 듯하다.

집에 돌아와서도 아까 본 그 꽃의 자태가 눈에 아른거린다. 해맑은 그 미소와 삶에 대한 긍정적인 태도가 내 안에 아직 아름다운 향기로 남아 있다. 다시 맡아 본다.

그 꽃에겐 슬픔이 아예 없는 것 같다. 오로지 기쁨만이 있는 듯하다. 열흘간의 짧은 생에 대한 불평도, 불만도, 신세 한탄도 전혀 없는 듯하다. 자신에게 주어진 삶을 그저 담담하게 받아들이며 만족해하는 것 같다. 해와 달, 이슬, 그리고 맑은 바람 등을 낭비 없이 알뜰하게 즐기다가 미련 없이 떠나려는 것처럼 보인다.

민망하다. 백 년 인생도 짧다 하며 투정이나 부리고, 살아 있는 동안은 매년 어김없이 봄을 맞으면서도 봄다움을 느끼지 못하겠다는 불평을 버젓이 늘어놓는, 그러면서도 내세까지를 약속받고 싶어 하는 나의 욕심이 그만 부끄러워진다.

봄을 느낀다는 의미는 다름 아니라 나에게 주어진 삶을 살뜰하게 즐기는 것임을 이제야 깨닫는다. 어차피 언젠가는 떠나야 할 운명인데, 가지 않겠다고 아등바등하며 속을 끓일 이유가 무에 있나. 기뻐하며 살기에도 모자랄 이 시간에 신세 한탄이나 하며 슬퍼하는 것은 너무나 어리석다.

내세에 다시 태어날 수 있을지는 알 수 없는 일. 그 꽃처럼 내게 주어진 지금의 삶만이라도 낭비 없이 알뜰히 사는 게 현명할 듯하다. 노년의 삶에도 분명 그 나름 기쁨이 잠재해 있을 것이다. 이제부터는 그것들을 하나하나 찾아 느끼며 욕심 없이 살다가, 때 되면 홀가분하게 떠나야겠다.

이 아까운 봄을 어찌 그냥 흘려보내랴. 앞으로 잘해야 스무 번 남짓 남았을 텐데….

내일도 꽃구경하러 나가야겠다. 늙은이의 봄은 젊은이의 봄과 달리 '겹겹의 봄'[9]이라는데, 내일은 봄을 더 많이 느끼고 돌아오련다.

---

9 윤오영의 수필 「봄」 중에서 인용함.

12

같이 늙어 가는 사랑

장장 13시간의 비행. 영화 한 편을 보았다. 할리우드의 최신작 〈Age of Adeline〉이었다. 우리말로는 '멈춰진 시간'이란다. 대강의 스토리는 이랬다.

여주인공 애덜린은 교통사고를 당해 거의 죽다 살아났다. 이때 부터 이상하게도 그녀의 신체엔 노화가 사라져, 사고 당시 29살 이었던 미모를 그대로 유지한 채 지금까지 100살 넘게 살아가고 있다. 시간이 아무리 흘러도 늙지 않는 용모 때문에 좋기는커녕 오히려 늙어 가는 친지들 눈을 피해 타향을 떠도는 신세가 되었 다. 젊은 남자와 여러 차례 사랑을 나누어 보았지만 노화되지 않 는 자신의 신체적 조건 때문에 헤어질 수밖에 없었다. 눈물을 훔 치며 사랑하는 남자 곁을 매번 떠나야만 했다.

다시는 사랑하지 말자고 굳게 맹세했건만 사랑은 또다시 찾아왔다. 손자뻘도 안 되는 어린 청년과 사랑에 빠진 것이었다. 운명의 장난이었는지, 그 청년의 아버지는 자신이 50년 전에 사랑을 나누었던 남자였다. 그 상황을 감당키 어려워 그들 곁에서 떠나려고 급히 몸을 숨기는 중에 사고를 또 당했다. 뒤쫓아 온 청년에 의해 극적으로 다시 살아나게 된 그녀는 자신의 신체와 나이에 대한 비밀을 솔직히 밝히고, 그와 함께 살며 사랑을 나눈다. 그러던 어느 날, 거울 속에 비친 자신의 머릿결에서 흰 머리카락 하나를 발견하고는 크게 기뻐한다. 멈추었던 노화가 이번 사고로 인해 다시 진행된 것이다.

이 영화 끝 부분에서 그녀가 원했던 사랑은 '같이 늙어 가는 사랑'이라는 독백을 들었다. 마음이 뭉클해지며 뭔가 느껴지는 바가 있었다. 옆 좌석 집사람의 손을 꼬옥 잡았다.

드디어 뉴욕에 도착. 숙소에 여장을 풀고, 한인방송을 틀어 고국의 뉴스를 보는 중이었다. 모처럼 성사된 남북 이산가족의 기막힌 사연 하나가 소개되었다.

충청도에 산다는 할머니였다. 19살에 시집와 1년도 채 살지 못하고 남편이 북으로 끌려갔었던 모양이다. 배 속에 있던 아이를 낳아 홀로 키우며, 혹시나 남편이 살아서 돌아올지 모른다는 생각에 신혼살림을 시작했던 그 집에서 평생을 살아왔다고 한다.

기다리다 지쳐 체념하고 36년 전부터는 제사를 지내 왔는데, 생각지도 않게 북쪽에 살아 있던 남편에게서 만나자고 연락이 왔다는 것이다.

85세 할머니의 주름진 얼굴에 맑고 고왔을 그분의 젊을 적 모습이 겹쳐 떠올랐다. 30년을 정화수 한 그릇 떠 놓고 남편이 살아 돌아오기만을 간절히 기다렸을 할머니의 모습이 그려졌다. 기다리고 기다리다 지쳐, 이제는 돌아가셨을 거라고 체념하면서 다시 36년. 그 긴 세월을 남편의 명복만을 빌며 살아오셨을 할머니. 남편과의 상봉이 반가우면서도 얼굴에 뭔지 그늘이 있어 보였다. 너무 늦었다고 생각하시는 것은 혹시 아닌지.

두 분이 비록 한 집에서 얼굴 보며 같이 늙어 가지는 못했을망정, 남편을 잊지 않고 애타게 그리워하며 살아왔을 사랑이 내 가슴에 아프게 저미어 왔다. 이번의 만남이 기다려 왔던 만큼의 충분한 보상은 되지 않겠지만 그래도 다행 아닌가. 마치 내 일인 양 눈물겨웠다. 더 늦기 전에 꼭 한 번은 서로 만나 못다 한 사랑을 확인해 보라는 하늘의 배려인 것 같아 내가 다 감사했다.

사랑하는 사람과 같이 늙어 간다는 게 얼마나 소중한 일인가! 설령 세월의 때가 몸에 조금 밴다 한들 어떠랴. 사랑은 그럴수록 더 깊어지고, 오히려 더 아름다워지는 것을….

가상과 현실 속의 두 분 할머니. 각각의 사랑과 인생을 잠시 생각하는 중에 저녁 밥상을 차리는 집사람과 눈길이 마주쳤다. 나를 쳐다보고는 배시시 웃는다. 지금도 그녀는 40년 전 새색시 때만큼이나 곱고 예쁘다.

13

또 한 번의 이별

마지막 밤입니다. 날이 밝는 대로 우리는 떠나야 합니다.

한 달간의 여행을 마치고 집으로 되돌아가야 할 때가 온 것입니다. 애들이 궁금해 더는 머물러 있을 수가 없습니다. 그러자니 이역만리 이곳 땅에 삶의 뿌리를 내린 친구 부부와는 다시 또 헤어져야만 합니다. 이제 떠나가면 서로 보고파도 쉽게 만나 볼 수는 없습니다. 못다 한 말이 많은 것 같은데 무엇을 말해야 할지 모르겠습니다.

집사람의 얼굴이 점점 어두워져 갑니다. 입으론 웃고 있어도 눈에는 슬픔이 가득합니다. 가끔씩 친구와 말을 주고받습니다. 슬픈 속내를 들키지 않으려고 별로 중요하지도 않은 얘기를 꺼냅니다. 태연해 보이려고 서로 애를 쓰는 것 같습니다. 밤은 깊어만

가는데 잠잘 생각이 없어 보입니다. 저들의 저런 모습이 내 눈엔, 이 밤이 지나면 서로를 아주 오랫동안 볼 수 없다는 잠재의식이 빚어낸, 안타까운 몸짓처럼 보입니다.

헤어진 후에도 가끔은 서로 전화할 수 있으니 그나마 다행입니다. 하지만 목소리만으로는 애타는 그리움을 잠시 해갈할 수 있을 뿐, 통화 후에 다시 밀려올 보고픈 마음을 감당하기엔 부족할 것입니다. 한동안은 마음 가누기가 더 어려워지겠지요.

친구 부부를 집사람을 통해 알게 되었습니다. 아내와 저쪽 부인은 어릴 적부터 친구랍니다. 중학교와 고등학교를 같이 다녔고, 대학교 시절엔 매일 아침 눈만 뜨면 전화하여 만나던 사이랍니다. 집사람이 나를 만나 결혼한, 같은 해에 그들도 결혼을 했답니다. 그리고 1년 후에 그들은 미국으로 이민을 떠났답니다. 떠나간 후에도 저 두 친구는 서로를 잊지 못해 1년에 한두 번씩은 꼭 통화했었던 모양입니다.

결혼한 지 10여 년 만에 저희 부부가 그곳에 주재원으로 발령받아 갔었습니다. 저 두 친구는 서로 다시는 못 만날 줄 알았던 모양입니다. 생각지도 않게 우리가 찾아가 그들 이웃에 살면서 그간에 못다 한 정을 나누었더랬지요. 그때 저 둘이 얼마나 좋아했었던지, 지금도 그 모습이 눈에 보이는 듯합니다. 우리들은 그렇게 한 가족이나 다름없이 서로를 아끼고 배려하며 잘 지냈습니다.

그러다가 4년이 지난 어느 날, 우리 부부는 임기를 마치고 다시 고국으로 되돌아와야만 했습니다. 아무리 그리워도 저 둘은 서로 얼굴을 볼 수 없게 됐습니다. 전화 목소리만으로는 보고픈 마음을 속 시원하게 풀기가 어려웠을 것입니다.

그로부터 다시 또 20여 년이 흐른 후에, 이번에는 내가 은퇴를 해서, 우리가 다시 그들의 집을 찾아갔던 것입니다. 집사람과 친구는 만나자마자 서로 부둥켜안고 좋아라 했지요. 그렇게 한 달이 훌쩍 지나갔습니다. 꿈같은 시간을 함께 보내다가 이제 또다시 헤어져야만 하는 때가 다가온 것입니다. 시간이 이렇게나 빨리 흐를 줄 미처 몰랐습니다.

언제 만나자는 약속을 하기도 어려운 생이별을 또다시 해야만 하다니! 저 둘의 지금 마음은 아마도 '만날 때 미리 떠날 것을 염려하고 경계하지 아니한 것은 아니지만 이별은 뜻밖의 일이 되고 놀란 가슴은 새로운 슬픔에 터진다.'는 한용운 선생님의 심정과 크게 다르지 않을 것 같습니다. 저도 헤어지기가 이렇게 섭섭한데, 40년 막역지우인 저 둘이 왜 안 그렇겠습니까. 그런데도 서로 안 그런 척 웃고 있으니, 아니 웃어 보이려고 애를 쓰고 있으니…. 저들의 이별 모습을 지켜보는 내가 다 슬퍼져 눈물이 나려고 합니다.

슬프지 않으면 아무것도 아름다워 보이지 않는다던 어느 시인의 말이 떠오릅니다. 이별이 아름다운 이유를 이제야 알 것 같습니다. 하지만 아름답다고 해서 다 같은 아름다움은 아닐 것입니다. 수준의 차이가 있겠지요. 슬픔을 그대로 드러내는 정도의 아름다움은 슬픔을 참으려 애를 쓰는 아름다움만 못하고, 슬픔을 참는 정도의 아름다움은 상대방의 슬픔까지도 배려하는 아름다움에 못 미치리라 생각됩니다.

헤어질 운명을 담담히 받아들이며 속울음을 참아낼 때 비로소 이별의 아름다움이 꽃처럼 피어납니다. 나만 슬픔을 참는 게 아니라, 내가 울면 친구도 덩달아 울 테니까 울음이 나와도 친구가 울지 않도록 슬프지 않은 척 의연하게 행동하는 모습에서, 그렇게 애써 참아도 자칫하면 울음이 터져 나올 듯한 그 아슬아슬한 배려의 모습에서, 인간적인 너무나 인간적인 모습에서 이별은 더 이상 아름다워질 수 없을 정도로 아름다워지는 것입니다.

우리들 모두 언젠가는 한 번 더 이별을 겪어야만 합니다. 마지막 이별을 숙명처럼 안고 살아가기 때문입니다. 그때는 절친한 친구와의 이별 정도가 아니라, 사랑하는 피붙이와는 물론 세상 모든 것과도 이별해야 합니다. 그 큰 이별조차도 아름답게 마무리하기 위해서는 이제부터라도 슬퍼도 울지 않고, 저들의 이별처럼 남는 자의 슬픔마저도 배려하는 연습을 미리 해두어야겠습니다.

내가 먼발치에서 저들을 지켜보고 있듯이 집사람 친구의 남편 분도 어딘가에서 저 모습을 바라보고 있겠지요. 밤하늘의 별들도 창문 너머로 저들의 아름다운 이별을 숨죽이며 내려다보고 있습니다.

우리의 마지막 밤은 그렇게 점점 깊어만 갑니다.

4

아내에게 보낸 마음 편지

수양이 깊은 어른은 어딘가 모르게 인자해보이듯이, 마음의 빛은 보이지 않는 것 같지만 어딘가에 반영되어 저절로 드러나게 마련이지요. 당신은 지금, 외모에 화사함이 조금 줄어든 대신에 마음엔 그만큼의 따뜻함이 더해져, 형언할 수 없으리만큼 아름답습니다.

1

병문안

아는 분이 병상에 누워 계십니다. 그분 주위엔 93세의 고령이 주는 어두운 긴장감이 감돌고 있습니다. 100세는 너끈히 살 것 같이 건강하던 어른이셨는데 어쩌다가 이렇게 되었는지…. 사람의 앞날은 참으로 예측하기 어렵다는 생각이 듭니다.

가슴에 주사기를 꽂은 채 혈액을 꺼내어 정제시킨 후 다시 몸속에 넣고 계신다 합니다. 의학지식이 부족한 저로서는 그게 무슨 의미인지 잘 모르겠습니다만, 그 말 자체가 저를 어두운 심연 밑으로 자꾸 밀어 내리고 있습니다. 예전 같으면 단번에 저를 알아보셨을 텐데, 제가 누구라고 여러 번 밝혀도 건성으로 대답할 뿐 몰라보시는 것 같습니다. 정말 안타깝습니다.

그 어르신의 쭈글쭈글한 손등을 어루만져 드립니다. 곧 완쾌하실 거라고, 완쾌하셔야 한다고, 그래서 막내 손자가 장가가는 것까지 보셔야 하지 않겠냐고 삶의 희망을 북돋아 드립니다. 한참을 그러고 나니, 드디어 "그러마." 하며 고개를 끄덕이십니다. 저를 알아보고 오랜만이라고도 말씀하십니다. 하마터면 눈물이 나올 뻔했습니다.

저의 어머님과 비슷한 연배인데다가, 젊어서 남편과 사별한 것까지도 닮으셔서 제가 그분께 더 각별한 정을 느끼고 있었나 봅니다. 그 어르신마저 제 곁을 떠나시면 안 될 것 같은 마음이 듭니다. 어서 회복하시라는 바람이 더욱 간절해집니다. 그럴수록 고령인 연세에 안 좋은 건강 상태까지 더해져 있는 그분의 현실이 마음 아파 견딜 수가 없습니다.

'인생무상'을 다시 한 번 느낍니다. 생명이라면 으레 '생로병사'의 과정을 밟게 마련이지요. 이제 한 생명이 생로의 단계를 거쳐 병의 단계에 와 있다고 생각하니 인생이 별게 아닌 것처럼 느껴집니다. 100년도 안 되는 짧은 세월에 파란만장한 일들을 겪은 것이 마치 2시간짜리 영화 한 편을 본 것같이 생각됩니다. 어머님이 돌아가셨을 때도 그렇게 허망할 수가 없더니, 지금 또다시 그때와 비슷한 느낌이 드는 것입니다.

남편 없이 홀로 자식들을 키워 놓으시고, 이제야 그 키운 보람을 조금이나마 느껴 보려는 참인데 이렇게 맥없이 쓰러져 병고에 시달리시다니! 이런 게 과연 우리네 인생일까 싶기도 하고, 이래

서는 안 되는 게 아닐까 싶기도 하고, 누군가를 원망하는 마음이
자꾸 들기도 하면서 제 마음이 갈피를 잡지 못하고 절벽 아래로
떨어지는 것 같은 느낌이 계속해서 드는 것입니다.

  두 남매가 번갈아 가며 그 어르신을 돌보고 있는 모양입니다.
그들은 60이 넘어서까지 맞벌이하며 사느라 참으로 고단할 텐데
도, 벌써 몇 달째 아침저녁으로 병원을 오가며 온갖 정성을 다하
고 있습니다. 자식이라면 의당 해야 할 도리이지만 '긴병에 효자
없다'는 말이 무색할 만큼 정말 열심입니다.
  어머님 살아생전에 나는 저만큼이라도 했었는지, 저 자신을 되
돌아봅니다. 제 어머님은 병명도 잘 모르는 노환을 앓고 계셨습
니다. 아프다고 하셔서 서울대병원에 모시고 가 진찰을 받으면
결과는 매번 특별한 병이 없는 것이었습니다. 처음엔 큰일이 난
것처럼 호들갑을 떨며 병원 문을 들락거렸는데, 그것이 매번 반
복되자 어머님의 건강에 대한 관심이, 그래선 안 되는데도, 나도
모르게 시들해지는 것이었습니다. 몇 년을 그러시다가 어느 날
갑자기 떠나셨습니다.
  부모 입장에서는 자식들에게서 온갖 정성을 받으시는 다른 부
모들을 보면 당연히 부러울 테지만, 자식 입장에서도 그것은 마
찬가지임을 새삼 깨닫습니다. 정성을 다해 어머니를 모시는 저
남매를 보면서 부럽다 못해 그럴 수 없는 지금의 제 처지가 너무

도 안타까워집니다. 속마음과 달리 평소 누구에게도 자상하지 못했던 무뚝뚝한 성격 탓에 저는 잠깐의 입원 중에도 어머님을 살갑게 모시지 못했습니다. 이제는 정성껏 모시고 싶어도 어머니는 떠나고 제 곁에 안 계십니다. 지난날의 잘못이 가슴 아프게 후회되면서 저 자신이 자꾸 미워집니다.

그 어르신의 쭈글쭈글한 손등을 계속 어루만지고 있습니다. 그러는 중에도 돌아가신 어머님께 죄스런 마음이 자꾸 듭니다. 그분의 빠른 회복을 빌다가도 제 어머님께 용서를 구하는 기도가 자꾸 뒤섞여 마음이 점점 무거워집니다. 더 이상 견딜 수가 없어서 쾌유를 빈다는 말씀을 드리고는 병원 문을 나섭니다.

하늘을 올려다봅니다. 구름 한 점 없이 맑은 하늘입니다. 햇살이 유난히 눈부십니다. 감히 바라볼 수가 없습니다. 고개가 저절로 수그러듭니다. 간절한 마음이 많이 모일수록 하늘의 감응 또한 그만큼 빨라질 것 같은 생각이 듭니다. 그 어른의 회복을 바라는 사람이 병실 안 말고도 여기에 또 있다는 것을 하나님께 알려드리고 싶어집니다. 기도합니다.

"오, 하나님! 부디 그분을…."

그러다가, 다시 이렇게 기도드립니다.

"하나님! 하늘에 계신, 불쌍한 제 어머님도…."

고개가 좀체 펴지지 않습니다.

2
지금도 생각나는 사람

나이 들면 작은 인연 하나라도 소중해집니다. 인연을 새로 맺기보다 기왕에 맺은 인연을 잘 지키고 싶지요. 특별한 이익을 바라서가 아니라, 헤어지고 난 후에 남을 마음의 상처 때문입니다. 만남이 깊었을수록 그만큼 더 아파집니다. 그래서 놓치기 싫어집니다.

아무리 붙들고 싶어도 언젠가는 헤어지게 되더군요. 인생사란 정말이지 알다가도 모르겠습니다. 저는 지금도 얼마 전에 떠나보낸 어느 사람을 생각하며, 그분이 제 가슴에 남기고 간 멍 자국을 지우고 있는 중입니다.

그분은 사실, 직접 만나 뵙지도 못한 분이십니다. 그분에게서

"전화해 주세요."라는 짧은 문자메시지를 받았을 때만이라도 연락을 드렸더라면 이렇게 마음 아프진 않았을 텐데…. 무척이나 후회됩니다.

처음엔 잘못 보낸 것이라고 짐작했었습니다. 직접 전화하면 될 일을 전화해 달라고 한 것도 이상하고, 이름으로 보건대 여성분인 것으로 추측된 데다가 하필 밤늦게 메시지가 온 까닭입니다. 전화를 걸까 말까 망설이다가, 볼일이 있으면 다시 연락하겠지 생각했습니다.

그로부터 시간이 한참 흘렀습니다. 어느 인터넷 카페에서 그분이 다시는 만나 뵐 수 없는 먼 곳으로 떠나셨다는 소식을 접한 후에야 비로소 아차 했습니다. 그분이 투병 중이었다는 사실을 뒤늦게 알게 된 것입니다.

그분에게서 메시지를 처음 접한 때가 지난해 9월이니까, 아마도 「빈자리에 고이는 슬픔」이 지면에 발표되고 얼마 지나지 않아서일 겁니다. 그분을 알 만한 분에게 여쭈어보니, 글공부를 열심히 하셨는데 어느 날부터 나오지 않으신다고 했습니다. 이제 와 생각하니 아프셔서 그랬던 것 같습니다.

제 글을 보고 아마 함께 글공부하던 문우들이 생각나셨을 테고, 어쩌면 자신의 빈자리를 보며 그들이 슬픔을 느낄지도 모른다는 생각을 하셨을 것입니다. 그분 자신도 문우들이 보고 싶으셨을 테지요. 그 글을 쓴 저에게라도 자신의 속내를 털어놓고 싶으셨던 것 같습니다.

 제게 문자를 보내고 나서 불과 두 달 후에 먼 길을 떠나셨다고 합니다. 이제는 만나 뵐 수 없습니다. 그분의 마음을 진즉 위로해 드렸더라면 좋았을 텐데, 그렇게 하지 못한 아쉬움이 너무나 큽니다. 몇날 며칠을 하늘을 쳐다보며 죄송하다는 말씀을 드리고 있는 중입니다. 이렇게라도 하지 않으면 마음이 불편해 도저히 견딜 수가 없기 때문입니다.

 살다 보니 제게 이런 뜻하지 않은 아픔이 생겼습니다. 그분과는 만남조차 없었으니 '회자정리'라는 말로도 전혀 위로가 되지 않습니다. 그때 제가 조금만 더 깊이 생각했었더라면 좋았을 것을! 저의 소심하고 까칠한 성격 탓으로 그만 돌이킬 수 없는 후회를 저지르고야 말았습니다. 지금까지도 그분이 생각납니다.

 그러고 보니 그분만이 아닙니다. 저와 같이 글공부하던 어떤 분도 얼마 전부터 보이지 않으십니다. 아쉬움이 많이 남습니다. 한 발자국씩 서서히 멀어져 가는 그분을 생각하면 지금 이렇게 마음으로만 동동거릴 게 아니라 한 번 만나 뵙자고 청해야 할 것 같습니다. 나중에 지금처럼 또 후회하게 되는지도 모르니까요.

 옷깃만 스쳐도 인연이라는데, 하물며 수년을 뵈어 왔던 그분을 이대로 그냥 보내 드릴 수는 없습니다. 비록 깊은 인연은 아닐지라도 길 가다가 마주친 사람들처럼 무심히 지나칠 수는 없습니다. 어차피 헤어지게 마련이지만, 언젠가는 또 서로 잊히고 말겠지만 우리의 만남이 아무런 의미도 없던 것처럼 빈 마음으로 떠나시게 할 수는 없습니다.

내일이라도 당장 연락을 드려 봐야겠습니다. 얼굴 한번 뵌 적 없는 분이 떠나셨는데도 이렇게나 마음이 아픈데…. 그분이 떠나셔야만 하더라도 제 마음은 알고나 가시게 해야지요. 그분도 저도, 서로가 섭섭지 않게. 그래야 나중에, 어쩌다 그분 생각이 나더라도 마음이 덜 아파질 것 같습니다.

살다 보면 사무치게 그리워하지는 않더라도 가끔 생각나는 사람이 있게 마련입니다. 일생에 그런 사람이 아주 없는 것보다는 적당히 있는 게 낫겠지요. 마음속에 아무런 아쉬움도 없이 심심하게 산다는 것도 인생을 잘 살았다고 보기는 어려울 테니까요. 그렇지만 나이 탓인지, 아니면 이제야 철이 든 건지 더 이상의 헤어짐이 싫어집니다.

어느 분의 말씀처럼, 잠자리 날개가 바위에 부딪치고 또 부딪쳐서 그 바위가 눈꽃처럼 하얗게 가루가 될 즈음에야 한 번 찾아오는 게 '인연'일지도 모르는데…. 그런 인연을, 그런 소중한 사람을 제가 어찌 그냥 보내 드려야 하나요.

3

아내에게 보낸 마음 편지

여보, 오랜만에 당신의 이름을 불러 봅니다. 경실, 공경 경(敬)자에 열매 실(實)자. 내게 시집오기 전, 당신은 외모도 마음씨도 이름만큼이나 아름다웠습니다. 스무 살 꽃다운 나이에 나를 처음 만났지요. 얼마나 곱고 예쁘던지, 그때의 당신 모습을 떠올리면 나는 지금도 가슴이 두근거립니다.

우리가 처음 만난 순간을 나는 아직도 기억합니다. 지금은 없어졌지만 명동에 있던 설파 다방이었어요. 당신이 문을 열고 들어섰습니다. 한 발 안으로 내딛으며 오른쪽을 먼저 보았지요. 큰 키에 긴 생머리. 한눈에 느낌이 왔습니다. 내가 기다리던 여자라는 것을⋯. 그러더니 왼쪽으로, 내게 천천히 얼굴을 돌리더군요.

가슴이 멎는 줄 알았습니다. 당신은 장미와 모란과 백합을 다 합친 것보다 훨씬 더 아름다웠습니다.

그때 내가 당신에게 무슨 얘기를 했는지 잘 기억이 나지 않습니다. 아마도 점심을 같이할 수 없다는 변명을 길게 늘어놓았을 것입니다. 찻값밖에 들고 나오지 않은 것을 속으로 후회하면서. 그리고는 언제 다시 만나자는 약속도 없이 우리는 헤어졌습니다. 돌아서 가는 당신의 뒷모습을 한참이나 바라보았습니다.

솔직히는, 다시 만나고 싶었습니다. 그런데도 당신을 소개해 준 사촌 여동생 명화에게는 앞으로 만나지 않겠다고 말했습니다. 그리고 내 자신에게는 잘했다고 위로했었지요. 그때 나는 여자친구를 만날 경제적 여유가 조금도 없었으니까요. 어머니와 남동생을 돌보기에도 힘에 벅찬 가난한 시절이었습니다. 당신이 아무리 곱고 예뻐도 포기할 수밖에 없었습니다. 그럴 수밖에 없는 내 처지가 안타까웠습니다.

인연이라는 게 참으로 묘합니다. 당신을 잊고 살았는데, 아니 잊으려고 애를 쓰고 있었는데, 어느 날 고맙게도 당신이 다시 내 앞에 나타났습니다. 사촌 누이가 결혼한 후에 친구를 초대한 자리에서입니다. 다시는 놓치고 싶지 않았습니다. 만나자고 했지요. 그렇게 우리의 인연은 끊어질 듯 다시 이어졌습니다.

우리는 늘 길에서 만나, 길을 걷다가, 길에서 헤어졌습니다.

종로2가에서 안국동으로, 창경원 앞으로, 대학로를 지나 종로5가로, 다시 종로2가로 걷고 또 걸었지요. 종로2가에서 당신을 버스에 태워 보내고 뒤돌아서며 속으로 많이 미안했었습니다. 그런데도 당신은 단 한 번도 내게 불평하지 않았습니다. 그렇게 2년쯤 지난 어느 날 당신이 내게 결혼하자고 먼저 청했습니다. 내가 머뭇거리자, 어려운 일들은 같이 살면서 함께 헤쳐 나가자고 말했었지요.

나는 자존심이 상했습니다. 남자인 내가 했어야 할 말을 당신이 먼저 했다는 게 창피했습니다. 하지만 당신이 그렇게라도 청혼하지 않았더라면 우리가 결혼할 수 없을지도 모른다는 생각이 들었습니다. 우리는 결혼했습니다. 마지못해 하는 것처럼 나는 소극적이었지요. 그 후 결혼 생활에서 일어난 불화의 책임도 툭하면 당신에게 떠넘겼습니다. 나는 못난이였어요.

이러구러 40년의 세월이 흘렀네요. 우리가 몸과 마음을 섞으며 살아온 세월이 꼭 꿈만 같습니다. 당신은 어느덧 내 안에 들어와 나의 일부가 되었어요. 몸은 따로이지만 마음은 하나가 되어 있습니다. 눈빛만 봐도 목소리만 들어도 내가 무엇을 바라는지, 심기가 불편한지 아닌지 당신은 다 알잖아요. 나도 그만큼은 못 되지만 당신을 알게 되었습니다. 당신의 마음씨가 외모만큼이나 아름답다는 것을. 처음 본 그때와 조금도 변함이 없다는 것을.

당신, 혹시 그때 내 어려운 가정형편을 명화에게서 들어 알고 있었나요. 어떻게 나에게 시집올 생각을 했었나요. 언젠가 한번 스치듯이 내가 물어본 적이 있었지요. 당신은 그저 빙그레 웃기만 했었습니다. 다시 물어봐도 똑같을 것 같아 궁금해도 참고 있습니다.

당신은 올해 환갑입니다. 나는 볼품없이 되었는데, 당신은 신기하게도 더 아름다워졌습니다. 비결이 뭘까 생각하니, 아마도 당신의 고운 마음씨 때문인 것 같아요. 수양이 깊은 어른은 어딘가 모르게 인자해 보이듯이, 마음의 빛은 보이지 않는 것 같지만 어딘가에 반영되어 저절로 드러나게 마련이지요. 당신은 지금, 외모에 화사함이 조금 줄어든 대신에 마음엔 그만큼의 따뜻함이 더해져, 형언할 수 없으리만큼 아름답습니다.

나는 때 없이 당신을 들여다봅니다. 당신이 앞에 없을 때는 내 안의 당신을, 당신이 앞에 있을 때는 눈앞의 당신을 은근히 살펴봅니다. 내 안의 당신은 따뜻한 봄날에 눈부시게 웃는 예쁜 꽃처럼 보이고, 내 앞의 당신은 쓸쓸한 가을날에 조락을 예감한 슬픈 단풍잎처럼 보입니다. 어느 쪽이 더 아름다운지 우열을 가리기가 어렵습니다.

그런데 여보, 참 이상하지요. 요즘은 당신을 마주 볼 때도 내 안의 당신이 저절로 떠올라요. 꽃처럼 아름답던 당신의 옛날 모습이 쓸쓸한 지금의 모습에 겹쳐 보이며 나도 모르게 자꾸만 눈물이 나요. 아무래도 난 이상한 병에 걸린 것 같아요.

4

아직은 남자

80대 남자 어르신이 70대 후반의 여자 어르신에게 약속 시간에 늦은 이유를 물으셨다.

"혹시 오다가 어떤 남자와 데이트한 게 아니오?"

그러자, 여자 어르신이 그렇지 않다는 뜻을 밝히셨다.

"아니에요. 이 나이에 무슨 데이트예요."

대답이 약간은 망측스럽다는 듯한 어감을 풍기자, 남자 어르신이 빙그레 웃으시며 나직한 말로 대꾸하셨다.

"그래도 아직은 여자이니까…."

그 말씀에 여자 어르신은 물론이고, 곁에서 듣고 있던 우리들 모두가 와르르 웃었다.

좌중의 분위기를 부드럽게 누그러뜨린 두 분 어르신의 농담이 나는 그냥 지나쳐지지가 않았다. 왠지 모르게 "아직은 여자…"라는 그 말씀이 지금껏 내 마음을 사로잡고 있는 중이다. '여자'와 '남자', 우리들이 살아 있는 동안에는 거의 바뀌지 않는 그 정체성이 새삼 내게 어떤 자극을 주고 있다.

'아직은 여자…'라는 말과 '이 나이에 무슨…'이라는 말 속에는 남자와 여자가 마치 나이라는 조건이 맞아야만 성립하는 명제인 것처럼 암묵적으로 인식되고 있는 듯하다. 생각해 보니 고작 60인 나 역시도 지금은 남자가 아닌 것도 같고, 그런가 하면 아직은 남자인 것도 같은 어정쩡한 생각이 든다.

'나는 남자다.' 이 간단한 명제를 두고 내게 아니라고 시비를 논할 사람은 아무도 없을 것이다. 한데, 정작 나 자신은 회의를 품고 있다. 이 나이에 나는 과연 남자일까?

남자라면 여자에게는 없는 '야성'이란 게 응당 있어야 할 것이다. 한데, 나는 거친 들판에 나가 황소처럼 힘들게 일하고, 그렇게 해서 벌어들인 양식을 집사람에게 어깨를 으쓱하며 내놓던 남자의 역할을 나이가 찼다는 이유로 어쩔 수 없이 그만두게 되었다. 그래서일까, 내 안에 항상 있던 '나는 남자'라는 믿음이 정년이 된 순간부터 어디론가 사라져 버린 듯하다.

하는 일 없이 앉아서 아내가 주는 대로 밥이나 받아먹는 내가 '아직은 남자'라고 아무리 목청 높여 말해 본들 무슨 소용 있나.

그렇게 말하는 자체가 남자라는 내 정체성이 점점 더 희미해지고 있음을 증명하는 것처럼 느껴진다. 세월이 참으로 야속하기만 하다. 남자이되 남자 같지 않은 지금의 내 모습이 정말로 안타깝고 서글프다.

나는 남자도 아니라는 자조 섞인 소리가 내 안 깊은 곳에서 울려나오는 것 같다. 그러자 내 마음 한쪽 구석에 조용히 있던 '나는 남자'라는 의식이 고개를 들더니 '아직은 남자'라는 자존심이 꿈틀거린다. 나는 아직 남자인가. 내 안에 야성이 남아 있기는 한가.

며칠 전의 일이 문득 떠올랐다. 모처럼 집사람과 딸애, 셋이 함께 장을 보러 나갔다. 카트에 물건을 잔뜩 싣고 차까지는 운반을 잘했는데, 차에서 내려 그것들을 집으로 옮기는 일이 큰 걱정이었다. 엉거주춤 서 있으니까, 집사람이 무거운 것들을 먼저 끌어내리기 시작했다. 그러자 곁에 있던 딸애가 한마디 했다.

"아빠, 무거운 건 아빠가 들어. 아빤 남자이자나!"

"으응, 그래."

대답을 하고 물건을 들어 보니 힘에 부쳤다. 허리를 펴지 못하고 절절 매자, 집사람이 곁에서 한마디 거들었다.

"당신은 이런 거 못 들어요. 무거운 건 내가 들게."

마음은 아직 남자인데, 몸은 남자가 아닌 모양이었다. 자존심이 있어서 끝까지 버텼다. 속으로 '나는 아직 남자다!'를 얼마나 외쳤는지 모른다.

힘없는 소리로 '아직은 남자'라고 되뇌어 본다. 나는 남자이고
싶다. 바깥일도 하고, 여자도 만나고…. 옛날처럼 다시 그래 보
고 싶다.

5

할아비의 소망

– 첫 손자 '구윤'이의 첫돌을 기념하여 –

2015년 8월 1일. 오늘은 내 첫 손자 구윤이의 첫돌! 그 애가 태어나 처음으로 맞이하는 생일이다.

'처음'은 그 의미가 자못 깊다. 처음이 주는 그 신선한 즐거움만큼 세상에 좋은 것이 또 있을까. 처음이란 그게 무엇이든 단한 번뿐인 경험이다. 그래서일까, 풋풋하고 두근두근 가슴이 뛰곤 한다. 하물며 한 번도 아닌 두 번이 겹친, '첫' 손자에 '첫'돌임에랴!

내 품에 들어온 새로운 생명. 그것만으로도 충분히 경이로운데, 입만 오물거리고 살던 그 어린 것이 이제는 일어서기도 하고뒤뚱거리며 조금씩 걸어 다니기도 한다. 나를 바라보며 방긋방긋 웃기도 하고, 배고프면 맘마를 달라고 조르기도 한다. 품에 안아 달라고 두 팔을 벌리기도 한다.

아! 생명이다! 생명을 대하는 것만큼 생동하는 기쁨은 없다. 그 한 생명이 내 손 안에서 지금 자라나고 있는 것이다. 그것도 다름 아닌 내 피붙이가. 요즘 나는 황홀한 느낌 속에서 산다. 첫 손자 '구윤'이만 생각하면 내 마음이 절로 뛴다. 두근두근 이 느낌, 참 으로 좋다.

그 애가 어느덧 커서 벌써 첫돌이 되다니. 좋은 풍경, 좋은 음 식, 좋은 사람, 좋은 음악…. 그 모든 좋은 것들을 다 합쳐 놓아도 첫 손자의 첫돌만 한 것은 없는 것이다. 생각할수록 가슴이 뛴다. 마구 뛴다.

한 살. 그 애가 나이를 먹기 시작했다. 비로소 사람답게 느껴진 다. 어서 커서 학교도 가고, 장가도 가고, 또 제 아들도 낳아야지.

구윤이가 세상에 태어나던 날, 나는 갓 난 그 애의 모습을 처음 보면서 속으로 얼마나 기뻤는지 모른다. 그 어린 것에게 천복이 있기를 진심으로 빌었다. 내게 주어진 복을 다하지 않고 그 애에 게 남겨 주고 싶었다. 그리고 오늘, 그 애의 첫돌에 나는 또다시 무엇인가를 주고 싶다. 더 크고 더 좋은 것으로.

금반지야 제 할미가 어련히 알아서 마련할 테니까, 나는 그런 물질적인 것 말고 마음에서 우러나오는 소망 같은 걸 생각해 내어 그 애에게 전달해 주고, 그것이 이루어지길 바라고 싶었다. 무엇을 줄까 밤새 고민하다가, 언젠가 보아 두었던 〈황묘농접도〉[10]가 생각났다. 그 그림에 담긴 의미를 전해 주자고 마음먹었다.

옛날엔 그림에 어떤 의미를 담았다고 한다. 그림은 보는 게 아니라 읽는 거라고도 했다. 이 〈황묘농접도〉 안에는 고양이와 나비가 그려져 있고, 바윗돌 틈에 피어난 패랭이꽃과 제비꽃이 배경에 그려져 있다. 그림 안에 그려진 사물 하나하나에 뜻이 담겨 있다. 그것들을 종합하면 '건강하게 70, 80세까지 살기를 진심으로 바라니, 소망한 대로 이루어졌으면 좋겠다.'는 축수의 뜻이 되는 것이다.

축수란 주로 아랫사람이 웃어른에게 드리는 마음의 선물이지만, 때로는 부모가 어린 자녀에게 주고 싶은 소망이 되기도 한다. 그러니까 이 그림에 담긴 축수의 뜻을 빌어다가 내 소망으로 잘 포장해서, 오늘 같이 뜻깊은 날에 손자에게 축사해 주고 싶다.

옛날엔 70, 80세가 목표였겠지만 요즘엔 120세까지도 살 수 있다고 한다. 나는 구윤이가 건강하게 그때까지 오래 살았으면 좋겠다. 내가 소망한 대로 이루어지기를 진심으로 바란다.

---

10 단원 김홍도의 그림

6
하루

하루가 간다. 기대했던 만큼의 보람도 없이 또 하루가 간다. 내게 남은 하루가 이제는 얼마나 될까. 나이 탓인지 마음이 꽤나 불안하다.

얼굴에 검버섯이 피고 흰머리가 늘더니, 이젠 숨마저 가쁘다. 다리가 저리고 어깨도 결린다. 노화 속도가 여간 심상치 않다. '이러다간…' 불안스런 생각이 고개를 쳐든다. 하루가 가는 것을 자꾸 의식하게 된다.

눈 뜨자 아침 먹고, 돌아서기 바쁘게 점심 먹고, '어?' 하는 순간에 저녁을 먹는다. 별로 한 일이 없는데도 피로가 몰려온다. 침대에 잠시 드러누워 모르는 사이에 잠이 들곤 한다. 요즘은 하루가 얼마나 빨리 가는지 모르겠다.

어제 내린 비로 올해의 장마는 끝났다고 한다. 여름이 가고 있다는 뜻이다. 한 해의 절반이 지나간 셈 아닌가. 새해가 된 지 얼마나 됐다고 벌써….

무심코 지낸 하루가 하나둘 모여 어느덧 계절이 두 번이나 바뀌었다. 머잖아 해[年]도 바뀔 것이다. 인생은 그렇게, 보이지 않게 지나가는 것이다. 세월이 한참 흐른 후에 인생이 덧없다고 느껴본들 무슨 소용 있으랴. 저 스스로 하루하루를 무덤덤하게 보내놓고.

하루를 최대한 더디 보내려고 내 나름 안간힘을 써 본다. 일부러 아무 일도 하지 않는다. 가만히 앉아 초침 돌아가는 소리를 귀로 듣는다. 째깍째깍…. 시간이 쉬지 않고 간다. 이렇게 일정량을 채우면 또 하루가 가는 것이다. 얼마큼 시간이 흘러갔을까. 의식할수록 하루가 더 빨리 지나가는 것 같다. 지루하기는커녕 오히려 조급해진다.

일에 열중해 본다. 일정을 일부러 빽빽하게 잡아 놓고 옛날만큼이나 바쁘게 하루를 지낸다. 시간을 의식하지 않아서인지 하루가 빨리 간다는 느낌이 별로 없다. 오늘 한 일의 양을 생각하면 하루가 오히려 길게 느껴진다. 그만큼 더디 가는 것 같다.

사실 하루의 길이가 변할 리 없다. 시간이 가는 속도 역시 늘 일정하다. 일이 있고 없음에 따라 하루가 빨리 가는 것 같기도 하고, 천천히 가는 것 같기도 하는 것이다. 하는 일 없이 시간을 보내면서 내게 하루가 얼마나 남았는지 모르니까 괜히 더 불안해지는 것 같다.

요즈음 나의 하루는 하는 일에 비해 시간이 남아돈다. 내겐 과분한 하루다. 이런 상황에 하루가 얼마나 남아 있을지 생각하는 것 자체가 우습다. 불안해하기보다 내게 주어진 하루를 알뜰히 살아야 하지 않을까.

그래, 이제부터는 바쁘게 살아야겠다. 작은 일 하나라도 찾아가며 열심히 살아야겠다. 그러면 일한 보람도 생기고 노화를 느낄 시간도 없을 것이다. 그렇게 오늘 하루를 지내고도 내게 내일 하루가 또 온다면 정말로 감사하고 기뻐해야 할 일 아닌가.

더 살기를 간절히 바라는 사람은 되지 말자. 그래야 잘 산 인생이 아닐까 싶다. 하루라도 더 살면 물론 좋기는 하겠지만….

7

마음의 거리 距離

나는 안경을 쓴다. 안경을 쓰고도 먼 목표물은 여전히 잘 보이지 않는다. 사물은 윤곽만으로 그게 무엇인지 짐작할 수 있지만 사람은 어렴풋한 모습만으로 누구인지 알아보기가 힘들다. 길을 걸을 땐 고개를 숙이거나 사람 없는 쪽을 바라본다. 왼쪽에서 다가오면 오른쪽을 보는 식으로. 보고도 모른 척한다는 오해를 사기 싫어서 딴전을 피우는 것이다.

50년 가까이 그렇게 지내 왔기 때문에 안경 쓰는 게 불편하지는 않다. 그럼에도 요즘은 안경을 자주 벗는다. 예전 같지 않게 가까운 것조차도 잘 보이지 않기 때문이다. 평소에 잘 보이던 글씨가 어릿어릿하다. 안경알에 작은 돋보기를 넣어야 한다고 한다. 나이 들수록 '거리 맞추기'가 더 힘들어지는 것 같다. 눈 좋은 사람은 그 불편이 얼마나 큰지 잘 모를 것이다.

그래도 눈으로 보는 사물은 거리 맞추기가 그나마 낫다. 안 보이면 가까이 다가가서 보면 되니까. 다가가기 힘들면 안 보면 되니까. 하지만 사람의 마음은 여간 어렵지 않다. 겉으로 드러나지 않기 때문에 잘 짐작해야만 한다. 거리를 잘 맞추지 않으면 두고 두고 내 마음이 불편하다. 상대편도 그럴 것이다. 서로 만나지 않은 것만 못하다.

서른을 넘은 과년한 딸이 있다. 몇 시에 귀가할 생각이냐고 물을 때마다 자기에게 관심을 갖지 말라고 내게 핀잔을 준다. 그럴 때마다 속으로 섭섭하다. 그 애의 마음이 멀게 느껴진다. 차라리 시집이나 가 버리면 좋겠다는 야멸친 생각이 들 때가 있다. 그러면서도 아직 내 곁에 있는 그 애가 밉지 않다. 딸애가 원하는 적당한 거리에 마음이 머물러 있어야 갈등이 없을 텐데, 아무래도 내 마음은 그 애에게 너무 가까이 가 있는 것 같다.

요즘엔 귀가 시각을 묻지 않는다. 내 마음이 가까이 있지 않다는 것을 일부러 보여 주기 위해서다. 그 대신에 늦은 시각까지 기다린다. 기다리다가 마주치면 관심이 없는 것처럼 딴청을 피운다. 기다리기 어려워 먼저 잠들 때가 있다. 자다가도 그 애가 귀가했는지 궁금해서, 몰래 현관에 나가 신발을 살펴보곤 한다. 딸애의 신발이 놓여 있으면 안심하고 다시 잠을 청한다.

일찍 다니라는 잔소리를 하지 않으니, 이제는 그 애가 내게 먼저 말을 걸어온다. 잘 다녀왔다고. 걱정하지 말라고. 내 마음이 자신에게서 더 멀어지지 않게 하려는 것 같다. 그런 말을 들을 때마다 더 가까이 다가가고 싶은 나는 다시 서운해진다. 그렇지만 더 멀어지지 않는 것만으로도 다행이라고, 그러니 참아야 한다며 내 스스로 마음을 다독인다. 마음의 거리를 맞추기가 요즘은 왜 이리 어려운지 모르겠다.

요전엔 반대의 경우를 경험한 적이 있다. 내가 다가간 게 아니라, 누가 나에게 다가왔다. 역시 마음의 거리를 잘 맞추지 못했다.
초면인 분으로부터 자신이 속한 모임에 들어오라고 초대받았다. 무조건 거절하기가 뭐해 참석했었다. 그분이 나를 앞으로 그 모임에 나올 분이라고 좌중에 소개하였다. 나는 그저 분위기를 파악하려고 참석했을 뿐인데. 나는 인사말을 시작하면서, 내가 그 모임에 적합한 소양을 갖추고 있는지 의문이라고 말문을 열고 다음 말을 이어 가려고 했다. 갑자기 그분이 내게 그만 말하라며 내 말의 허리를 뚝 잘랐다.
나는 속으로 몹시 불쾌했다. 그분도 불쾌해서 그랬을 것이다. 그분에게서 초청받았을 때 내가 참석을 보류했었더라면 차라리 좋았을 것이다. 서로 마음의 거리를 좀 더 맞춰 보고 참석 여부를 결정했어야 했다. 그분도 나도 경솔했다. 그 후론 얼굴도 잘 마주치지 않는다. 그분과 굳이 더 만나야 할 이유는 물론 없지만, 마음 한구석이 영 찜찜하다.

인연이 닿는다면 그분과 한번은 더 만나게 될 것이다. 그때는 전후 사정을 말해서 서로 오해를 풀어야겠다. 그분도 나도 본디 나쁜 성품은 아니라는 것을 서로 밝힐 기회가 있으면 좋겠다. 마음의 거리를 최대한 좁혀 보고, 그러고도 여전히 만날 생각이 나지 않는다면 아마도 우리는 좋은 인연이 아닐 것이다.

마음의 거리를 잘 맞추기란 정말 어렵다. 피붙이도 그런데 하물며 남이야. 사람 마음을 들여다볼 수 있는 안경이 있다면 참 좋겠다. 가끔 그런 생각이 들곤 한다.

8

말, 도로 주워 담고 싶은

살다 보면 후회할 일이 생긴다. 후회할 것을 예감하여 피해 가는 경우도 있지만, 생각지 않게 후회하게 되는 경우도 가끔은 있다.

나이 들수록 말조심해야겠다고 다짐해 오던 중이었다. 그랬는데 며칠 전, '나중에 후회할 말은 하지 말자'는 평소 생각이 엉겁결에 입 밖으로 튀어나왔다. 그 말조차 잘못 말한 게 아닐까, 후회하고 있다.

아는 여자분의 도움을 받아 신발가게에 갔었다. 뉴욕에서 약 한 시간 반가량 차를 타고 롱아일랜드 쪽으로 가면 큰 쇼핑몰이 나온다. 관광객이라고는 별로 없는 한적한 시골 동네다. 현지인들은 그곳에서 발 편한 구두를 사서 신는다 하기에, 뉴욕에 갈 때면 늘 도움을 받아 그곳에 가서 신발을 사곤 했었다.

요즘은 나이 들어서인지 신발이 불편하면 발만 불편한 게 아니라 온몸이 아프다. 특히나 걷는 자세가 잘못됐는지 무릎관절이 쑤신다. 그래서 이번 여행길에도 그 신발가게를 일부러 찾아 나선 것이었다.

지난번엔 8반의 치수가 발에 맞았는데, 어쩐 일인지 헐렁한 것 같았다. 8을 신어 보고, 다시 8반을 신어 보고, 그러기를 여러 번. 옆에서 지켜보던 집사람이 참지 못하고 8반을 신으라고 권했다. 그럴까 하다가도 계속 망설이니까, 같이 온 여자 분에게 "요즘은 저 양반이 이렇게 내 말을 안 들어요. 옛날엔 잘도 듣더니…." 하는 게 아닌가. 그러면서 뭔가 말을 더 보태려 하였다.

더 이상 말을 하면 남세스러울 것 같아서 얼른 집사람의 말을 가로챘다. "여보, 우리 서로 나중에 후회할 말은 하지 맙시다."라고 점잖게 말했다. 그러자 내 말이 이상하게 들렸는지, 아니면 재미있게 들렸는지 그 여자분이 '나중에 후회할 말은 하지 말자'는 내 말을 몇 번이나 되뇌면서 깔깔대며 웃는 것이었다. 집사람도 덩달아 깔깔댔다.

그렇지 않아도 그 말을 하고 나서 속으로 무거운 말을 너무 가볍게 얘기한 게 아닌가 하는 느낌을 가졌던 터라 슬며시 계면쩍었는데, 그 여자분의 웃음이 보태어져 무안해졌다.

신발을 사고 난 다음에 옷가게를 들렀다. 아들딸, 며느리, 손자아이의 옷을 고루 사 들고 나오는데 정작 샀어야 할 집사람의 옷이 없자 여자분이 집사람에게 한마디 말을 붙였다.

"이렇게 애들에게 해 줘 봤자 소용없어요. 그 애들이 고맙다고 생각이나 하겠어요?"

그러자 집사람이 맞장구를 쳤다.

"다 소용없는 일인 줄 뻔히 알지만 그렇다고 어쩌겠어요?"

일절만 하면 모른 척하고 말았을 텐데, 수다가 길게 이어졌다. 귀에 거슬려 또 말참견을 하고야 말았다.

"애들이 뭐 남인가요?"

피붙이에게 주는 선물을 두고 그렇게 말할 일은 아니라는 뜻에서 말을 꺼냈는데, 내 말을 듣고 있던 그 여자분이 다시 또 깔깔대며 웃었다. 그러면서 말을 보탰다.

"그렇죠. 나중에 후회할 말은 하지 말아야죠."

애들에게 잘해 줘 봤자 소용없다는 자신의 말을 너무 심각하게 받아들이지 말라는 뜻인 것 같았다. 그저 그렇게만 생각하고 말았다.

오늘 우연히, 그 여자분이 남편과 다투고 오래전부터 별거하고 있다는 말을 들었다. "그렇죠. 나중에 후회할 말은 하지 말아야죠." 하며 웃던 그분의 묘한 얼굴 표정과 말들이 되살아났다.

그 느낌, 이제는 알 것 같다.

아무렇지도 않게 한 말이 때로 어떤 이에게는 마음 아프게 들릴 수도 있다는 것을, 그땐 미처 생각지 못했다. 그녀에게 들으라고 한 말은 아니었지만 잘못 말한 것 같아 후회된다. 그 말을 도로 주워 담고 싶다.

9

아름다운 헌신

가슴이 따뜻해지는 얘기를 들었다. 시각장애인인 주인을 위해 온몸을 던진 개 '피구'가 요즘 화제다. 며칠 전, 미국 뉴욕에서 일어난 일이라고 한다.

피구는 여느 때와 다름없이 주인과 산책하던 중이었다. 횡단보도를 건너가는데 스쿨버스가 달려왔다. 피구는 주인을 위해 조금의 망설임도 없이 몸을 던져 차를 세웠다. 그리고는 앞발이 부러지는 고통 속에서도 피를 흘리며 제 주인에게 엉금엉금 기어가 무사한지 확인하였다. 결국 피구는 앞발을 절단하고야 말았다.

나는 이 소식을 듣고 가슴이 뭉클해졌다.

우리나라에도 개들이 사람을 위해 희생한 사례가 더러 있었음을 알고 있다. 동물에게도 이런 아름다운 헌신이 있다는 게 불가사의하다. 제 피붙이이거나 같은 종족끼리라면 본능적인 행동이라고 이해할 수 있겠지만, 동물이 사람을 위해 하는 희생마저 본능이라고 말하기는 어렵지 않을까 싶다.

그것들에게도 우리가 모르는 정신세계가 있는 것은 혹시 아닐까. 그렇지 않고서야 어떻게 한두 번도 아니고 그런 헌신이 자주 일어날 수 있는가. 인간으로서도 하기 어려운 피구의 희생을 보며 나를 돌아본다. 내게도 그런 숭고한 마음 자세가 갖추어져 있는지, 다른 사람을 위해 언제든지 헌신할 용기가 과연 내게 있는지.

상대가 누구든 언제나 그렇다고 대답하기가 망설여진다. 내 혈육을 위해서는 언제라도 희생해야 한다고 굳게 믿고 있지만, 그조차도 결과가 너무나 끔찍해 나는 깊이 생각지 않으려고 피해 왔다. 하지만 오늘만큼은 저 피구의 희생을 보며 '아름다운 헌신'을 진지하게 다시 고민해 봐야겠다.

그런 일이 내게 일어나지 않기를 간절히 바라지만 세상일이란 예측하기 어려우니까, 지금이라도 마음의 준비를 하고 있지 않으면 안 될 것 같다. 그래야 한 치의 망설임도 없이, 곧바로 나를 헌신할 수 있을 것 아닌가.

내 마음을 이렇게 추슬러 본다. 생명은 언제고 죽게 마련이다. 무의미하게 죽는 것보다는 아름다운 헌신을 하는 편이 훨씬 가치 있는 삶이다. 어렵겠지만 나의 희생을 통해 다른 생명을 구하는 일은 그냥 헛되이 죽는 게 아니라, 내가 살아왔던 이 세상에 뭔가를 보답하고 가는 것이다.

그러면서 나 자신을 한껏 고무시켜 본다. 언제든지 헌신할 용기를 가슴속에 지녀야 한다고. 이런 결심을 끝까지 잘 지켜 내야 한다고. 개도 하는 일을 사람인 내가 못한대서야 어디 될 말이냐고. 그런데도 자꾸 마음이 흔들린다. 자신이 없어진다.

10

다시 여성봉에서

어렵사리 산 정상에 올랐습니다. 여성봉입니다.

재작년만 해도 거뜬하게 올랐던 이 나직한 산봉우리를 이제는 헐떡이며 겨우 올라와야 했습니다. 오랜만에 오르고 보니 감회가 새롭습니다. 다시는 이곳에 올라와 보지 못할 줄 알았습니다. 그저 거실 창가에서만 이곳을 바라보고 있었지요. 머릿속으로만 여성봉의 모습을 그리곤 했습니다. 그러다가 더 늦기 전에 다시 한번 올라가 보자 마음먹었습니다. 지금이 아니면 다시는 기회가 없을지도 모른다는 생각이 들어서였습니다.

오랜만에 여성봉에 올라와 보니 예전 모습과 크게 다르지 않습니다. 아니, 하나도 변한 게 없는 것 같습니다. 산은 옛날 그대로

인데 저만 이렇게 낡아졌나 봅니다. 예전 같지 않게 숨이 턱까지 차오르며 다리 힘이 풀려 자꾸만 주저앉고 싶어집니다.

바위에 걸터앉아 한동안 가쁜 숨을 내쉬다가 조금 살 만하여 주위를 찬찬히 둘러봅니다. 이제 내려가면 언제 이곳에 와 보겠습니까. 사진을 찍듯 곳곳을 살펴봅니다. 여인의 그것같이 생긴 바위언덕과, 그곳 골짜기에 심어져 있는 키 작은 나무와 잡풀마저도 빠짐없이 다 머릿속에 담습니다.

그러고는 옆의 분에게 부탁해, 그 바위 위에 올라서서 뒷산 오봉을 배경으로 멋지게 사진 한 장을 찍어 둡니다. 이곳에 올라와 볼 기회가 더는 없을지도 모르고, 그렇게 되면 지금 보고 있는 이곳 모습이 시간이 갈수록 가물가물해질 게 분명하니까, 그때쯤에 꺼내 볼 요량으로 미리 준비해 두는 것입니다. 여성봉을 그저 막연히 그리워하기보다 이런 사진 한 장이 수중에 있으면 좋을 듯싶어서입니다.

산 아래로 내려가는 게 싫어서 계속 뭉그적거리고 있습니다. 문득 사람 사는 일이 산행과 별반 다르지 않다는 생각이 듭니다. 이곳까지 올라온 과정을 되짚어 봅니다.

평탄한 길을 걷다가 가파른 비탈길을 올라오고, 아슬아슬한 벼랑길을 엉금엉금 기어 왔습니다. 중간에 잠시 쉬면서 주변의 경치를 감상도 해 보며, 마침내 산봉우리에 다다랐습니다. 지금은 바위에 걸터앉아 올라왔던 산길을 내려다보며 '내가 이만큼이나 높이 올라왔구나!' 하고 스스로를 대견하게 생각하는 중입니다. 조금 있으면 다시 산 아래로 조심조심 내려가야 합니다.

저 또한 부모님 슬하에서 어려움을 모르고 평탄한 유년기를 보내다가, 스스로 일어서기 위해 안간힘을 써야 하는 가파른 청년기를 보내야 했습니다. 다행히 자립하여 남들이 부러워하는 곳에서 한동안 마음의 여유를 가진 장년기를 보냈으며, 마음 한번 잘못 먹으면 벼랑 아래로 굴러 떨어지고 마는 그런 위험한 중년의 시절을 잘 넘겼습니다.

이제 일손을 내려놓고 감개무량한 심정으로 지난날을 돌이켜보며 초로의 삶을 시작하는 중이지요. 이 시절은 아마도 산봉우리에 올라 아래를 내려다보는 지금의 시점에 비유될 수 있을 것 같습니다. 이때부터는 산 아래로 내려갈 일만 남습니다. 산을 오를 때보다 내려갈 때가 더 위험하니까, 노구를 잘 건사해 가며 천천히 내려가야 합니다. 제 노년의 삶 역시 조심스럽게 보내야만 합니다.

산행과 인생 역정은 이렇게 많이 유사하지만 다른 점도 있습니다. 인생은 한 번뿐이지만 산행은 다행히 여러 번 반복할 수 있어서 좋습니다. 힘이 부쳐 그동안은 산행을 포기해 왔는데 지금은 그것이 무척이나 후회됩니다. 앞으로는 힘닿는 데까지 계속 산행을 해 보렵니다. 힘들면 적당한 지점에서 내려가면 될 테니까요.

날이 벌써 어둑해졌습니다. 해 지기 전에 집으로 돌아가려면 지금쯤은 내려가야만 합니다. 산 아래를 향해 한 발 한 발 조심스럽게 내려딛습니다.

잘못 발을 디디다간 미끄러지거나 굴러 떨어질 위험이 있습니다. 길가에 늘어선 나무의 곁가지를 잡고, 자세를 한껏 낮추어 엉금엉금 기면서 몸의 균형을 최대한 잡아 봅니다. 내려가다가, 지금처럼 허리 구부린 자세로 조신하게 살면서 남은 삶을 무사히 마치고 싶다는 그런 힘없는 생각을 합니다.

잠시 서서, 여성봉을 뒤돌아봅니다. 오고 싶을 땐 언제든지 오라고 손짓해 주는 듯합니다. 저도 손을 흔들어 줍니다. 이렇게 찾아올 날이 앞으로 얼마나 될까 염려하면서, 늘 내일이 오늘 같기만을 바랍니다.

11

메리 크리스마스

오늘은 즐거운 성탄절. 메리 크리스마스!

예전 같으면 온 가족이 모여 함께 영화를 보기도 하고, 맛있는 음식을 먹기도 하면서 즐겁게 시간을 보냈을 것이다. 한데, 언제부턴가 그런 행사가 공염불이 되고 말았다. 애들이 커지자 제각기들 바빠 얼굴 보기가 쉽지 않아졌다. 나도 집사람도 몸이 늙은 건지, 아니면 마음이 시들해진 건지 영 신이 나질 않는다. 즐거워해야 할 성탄절을 무덤덤하게 보낸 것이 벌써 몇 해째인지 헤아리기 어려울 정도다.

오늘따라 왠지 하나님을 찾아뵙고 마음의 평화를 얻어야겠다는 생각이 들었다. 모처럼 집사람과 함께 교회를 찾았다. 담임목사가 성경 공부에 충실한 분이시라, 예전에도 마음이 심란하거나 불편할 때면 가끔 찾아갔던 곳이다.

예배를 마치고 걸어 나오며 조금 전에 들었던 목사님의 설교 내용을 다시 떠올려 보았다.

자신은 평소 동네 편의점을 자주 이용한다. 그곳 상점 주인은 늘 컴퓨터 화면만 들여다보고 있다가 물품 대금을 계산하려고 그분 앞에 설 때만 고개를 들어 올리는데, 볼 때마다 아주 행복해하는 표정이다.

어느 날 궁금증을 참지 못하고 "뭐를 보고 계시냐?"고 물었더니, 컴퓨터 화면을 보여 주었다. 얼핏 보기에 뭔지 알 수 없어 "그게 뭐냐?"고 다시 물었더니, 도장(圖章)이라고 답했다. "그 도장이 어째서 그렇게 좋아하냐?"고 다시 또 물었다. 상점 주인이 대답하기를 "자신은 골동품 감정에 나름 전문지식이 있는데, 이 도장은 청나라 건륭황제의 것이 틀림없다. 인터넷 경매를 통해 싸게 구입했는데, 돈으로 환산할 수 없는 매우 특별한 가치가 있는 것이다. 횡재했다."고 말하더란다.

그래서 이번엔 "얼마를 주면 그 도장을 팔겠냐?"고 물었다. 상점 주인은 한동안 대답하지 않다가 마지못해 한다는 말이 "최소한 200억쯤은 받아야죠." 하면서 그렇게 좋아할 수가 없더란다. 200억짜리 도장 하나를 수중에 지니고 그렇게도 행복해하는 편의점 주인의 모습을 보면서 속으로 이런 생각을 하였다. '나는 그깟

200억짜리 건륭황제의 도장에 비교할 수 없는, 값으로 환산할 수 없는 하나님의 도장을 지니고 있다.'고. 그 도장만 마음에 확실히 품고 있으면 언제든지 천국에 갈 수 있다고.

덧붙여, 목사님 자신이 그렇게 생각한 이유를 설명하였다.

하늘에서 천사가 내려와 "내가 온 백성에게 미칠 큰 기쁨의 소식을 전해 주겠다. 너희가 다윗의 동네에 가면 마구간에서 강보에 싸인 아기를 보게 될 텐데, 그가 바로 그리스도 주이시다. 이것이 하나님께서 너희들에게 주신 표적이니라." 하시며, "이는 하늘엔 영광이요, 하나님이 기뻐하신 사람들 중에 평화로다."라고 말씀하셨다는 것이 성경책에 나온다.

이 복음은 '누가'라는 분이 쓰셨는데, 당시에 그분은 의사였다. 작가라면 혹시 모르되 자연과학을 전공한 사람이 직접 복음에 정밀하게 기록하였으니 이 글이 사실이 아닐 리 없다. 그러면서 다시 그 근거를 조목조목 들었다. 목사님은 이어서 하나님이 우리에게 보여 주신 그 표적 하나를 인정하고 믿으면, 그러니까 그리스도가 태어났다는 사실을 받아들이면 하나님이 기뻐하시고, 기뻐하신 분들에게만 평화를 주신다고 설교하셨다.

알면서도 무심히 지나쳤던 크리스마스. 오늘은 바로 그리스도의 탄생을 기뻐해야 하는 날임을 새삼 깨닫게 되었다. 애들과 함께 먹고 마시며 즐겁게 놀지 못한 아쉬움은 사실 별게 아니라는 것과, 늘그막에 이렇게라도 하나님이 기뻐하실 사람들 안에 우리가 낀 것 같아서 마음이 크게 안도되는 것을 느꼈다.

교회 문을 나서는데, 어디에선가 "아 위시 유 어 메리 크리스마스!"란 노래가 들려온다. 내가 따라 부르자 집사람도 따라 부르며 내 허리를 두 팔로 감싸 안는다. 서로 마주 보며 웃는다.

그녀의 얼굴이 밝고 따뜻하다. 하나님이 벌써 평화를 주신 모양이다. 매일매일 이렇게, 메리 크리스마스였으면 좋겠다.

12
마른 눈물

나이 탓인지 눈물이 많아졌다. 때 없이 눈물이 솟는다. 눈물이 날 때면 남들이 볼까 봐 얼른 고개를 돌리거나 눈 주위를 몰래 훔친다. 사실, 닦아 봐도 만져지는 것은 별로 없다. 그저 눈물이 나온다고 의식했을 뿐 실제론 잘 나오지 않는 것이다. 요즘엔 눈물도 아닌 눈물, 마른 눈물을 흘릴 때가 가끔 있다.

어떨 때는 주의하지 못하고 눈가를 훔치는 동작을 하다가 들킬 때가 있다. 마른 눈물이 나온다는 사실을 깜빡 잊고, 눈물이 실제 나온 것 같은 착각에 빠져, 나도 모르게 눈가를 닦다가 눈을 마주친 경우가 더러 있는 것이다. 산전수전을 겪은 이 나이에 때 없이 운다는 게 얼마나 무안한지 모르겠다.

바깥에서 만나는 사람들은 우는 내 모습을 볼 기회가 거의 없지만, 집사람과 딸애는 가끔 본다. 저녁에 방송되는 드라마를 같이 보다가 우연하게 알아채는 경우가 있는 것이다. 나는 '어머님' 소리만 들어도 눈물이 나니까, 또 인생무상을 느끼게 하는 장면을 볼 때 가끔은 우니까, 그런 내 모습을 들켰던 적이 여러 번 있다.

들킨 이후로는 딴청을 피우는데 그마저도 여의치 않다. 그들의 예리한 감각을 피하기가 여간 어려운 게 아니다. 볼 테면 보라고 차라리 드러내 놓고 울 때도 있다. 물론 소리 없이 눈 주위를 계속 닦는 것이다. 내 우는 버릇을 이제는 그들도 아니까, 그럴 분위기가 잡히면 저네들이 먼저 딴청을 피운다. 딸애는 일어나 슬그머니 제 방으로 들어가고, 영리한 아내는 냉장고에 가서 마실 것을 꺼내 와 내게 말없이 건네주는 것이다.

그렇게 모른 척해 주는 그들의 아량(?)을 나 역시 감지하고 있다. 창피하기도 하고, 때론 고맙기도 하다. 나는 나대로 울지 않으려고 애쓴다. 그럴 것 같으면 내가 먼저 자리를 뜬다. 그런 장면을 보지 않으면 울 리도 없으니까. 하지만 언제까지나 내 감정을 감추며 살 수 없으니 그게 문제다.

'눈물'을 곰곰이 생각해 본다. 눈물샘에 고여 있다가 슬픈 마음이 이것을 자극하면 저절로 나오는 것도 물론 그렇지만, 한바탕 흘리고 나면 속이 다 후련해지고 내 자신이 조금은 더 순수해진 것처럼 느껴지는 게 매우 신기하다. 누군가에게 용서를 받은 것 같이 느껴지기도 하고, 뭐든지 용서해 줄 준비가 된 것처럼 느껴지기도 하면서 어느덧 내 마음에 평화가 찾아오는 것이다. 이런 눈물의 오묘한 효험을 생각하면 하나님이 자신의 형상대로 우리를 창조하셨다는 말씀에 공감하지 않을 수 없다.

이런 인간적인 눈물을 굳이 억제해야만 하는 건지 잘 모르겠다. 눈물 없는 사람이 오히려 이상한 게 아닌가 싶기도 하고, 눈물을 흘리는 것을 자랑스럽게 드러내야 하는 게 아닌가 싶기도 하다. 우리에게만 주어진 이 귀중한 하나님의 선물을 굳이 감추며 살아야 하는지도 의심스럽다. 오히려 눈물을 항시 가슴에 간직하였다가 우리의 착한 성정에 걸맞은 장면을 보거나 생각할 때는 언제든지 흘려야 하는 게 정상 아닐까 싶은 것이다.

흘리는 게 마땅하다면 진짜 눈물이 아닌, 마른 눈물을 흘리는 게 내겐 더 심각한 문제일 것이다. 어쩌면 집사람이나 딸애가 나를 쳐다보며 안쓰럽게 생각하는 것은 내가 눈물을 흘린대서가 아니라, 눈가를 손으로 훔쳐 봐도 만져지지 않는 눈물 같지도 않은 마른 눈물일지도 모른다. 우는 나를 보며 '아! 남편이, 아빠가 이제는 늙었구나!' 생각했을지도 모른다. 눈물을 흘려서가 아니라, 울어도 나오지 않는 내 눈물을 보며 안타까워서.

그래도 마음만은 아직 옛날 그대로이니까 얼마나 다행인가.

슬프고 기쁜 일을 보고 겪으면서 아직까지는 마음으로 감동을 하니까, 눈물 흘리는 시늉이라도 하니까. 그것마저도 내 뜻대로 안 된다면, 아예 감동할 줄 모른다면, 살아 있다고 해도 그게 무슨 의미가 있을 것인가.

앞으론 잘 나오지 않는 눈물일망정 자주 흘려야겠다. 남들 몰래 훔칠 게 아니라, 이제는 떳떳하게 드러내 놓고 닦아야겠다. 몸은 비록 늙었어도 마음만은 아직 살아 있다는 것을 보여 줘야 애들도 집사람도 안심할 게 아닌가.

13

바람의 도시, 찰스턴에서

바람이 세차게 불었다. 그 후 모든 게 달라졌다. 집과 재산이 한순간에 재로 변했고 생명은 속절없이 죽어 나갔다. 평화도, 행복도, 사랑도, 낭만도 모두 바람과 함께 사라져 버렸다. 세상이 비참의 나락으로 떨어졌다.

이 비극의 중심에 서 있었던 도시, 찰스턴(Charleston)을 관광할 기회가 드디어 왔다. 때마침 아침부터 비가 내려 머틀 비치(Myrtle beach)에서의 모든 일정을 취소하고, 차 한 대를 빌려 2시간 거리에 있는 그곳 역사의 도시를 방문하였다.

찰스턴. 사우스캐롤라이나의 동쪽 끝에 있는 이 항구 도시는 그 이름이 영국 왕 찰스 2세에서 유래됐다고 한다. 그럴 정도로 옛날엔 영국의 문물이 이곳에 쏟아져 들어와 도시 전체가 흥성했었던 모양이다.

그때는 도시 한복판에 노예시장이 있었다. 지금은 그 자리에 노예 대신 잡동사니를 파는 벼룩시장(City Market)이 들어섰지만, 당시에는 식민지 종주국인 영국에서 수입해 온 수많은 흑인 노예들이 이곳에서 경매로 팔려 나갔다. 아이러니컬하게도 그 노예들이 경작한 쌀과 면화, 담배로 찰스턴은 영국과 교역하면서 막강한 부를 획득했고, 그것으로 찬란한 문명을 이루었다. 남북전쟁이 일어나기 전까지만 해도 찰스턴은 미국 남부 세력의 중심에 우뚝 섰을 정도였다.

하지만 예나 지금이나 노동력 착취는 사회적으로 큰 문제였던 것 같다. 이곳 찰스턴에서 일어난 총성 한 방에 남북전쟁이 발발했다는 것은 미국인들에게는 잘 알려진 역사적 사실이다. 이곳에서 시작된 전쟁의 불길이 광포한 바람을 타고 드넓은 미국 영토 전체를 초토화시켰고, 4년이 지나서야 그 불길은 겨우 진화되었다. 그러나 노예 해방과 함께, 불길의 진원지였던 찰스턴의 영화는 바람과 함께 사라지고 말았다.

마가레트 미첼이 쓴 소설 『바람과 함께 사라지다(Gone with the wind)』가 없었던들, 아니 그 소설이 영화로 제작되어 전 세계인의 기억에 길이 남을 불후의 명작이 되지만 않았던들 이곳은 한낱 우리나라의 백제산성 정도에 지나지 않았을지도 모른다. 다행히 그녀의 소설이 있었고 그것이 영화로도 만들어져, 그 영화 속의 명장면을 기억하는 수많은 국내외 관광객들이 찾아와 떨어뜨리고 간 비용으로 이곳 찰스턴은 겨우 명맥을 유지하고 있는 것 같았다.

옛사람이 남긴 자취들을 한동안 더듬어 보다가 마가레트 미첼의 소설이 나로 하여금 이 자리에 오게 했다는 생각이 들자 새삼 문필의 힘을 절감하였다.

마가레트 미첼은 26살 젊은 나이에 발목을 다쳐 다니던 신문사를 그만두게 되었다고 한다. 남편의 외조로 글쓰기를 다시 시작하여 10여 년 만에 단 한 편의 소설을 썼다고 하는데, 그것이 바로 이곳 찰스턴과 자신의 고향인 조지아 주 애틀랜타를 배경으로 한 소설 『바람과 함께 사라지다』였다. 이 소설은 출판 후 6개월 만에 100만 부가 팔릴 정도로 크게 인기가 있었고, 출판 다음 해에 그녀는 퓰리처상을 받았다. 이 소설은 곧이어 영화로 제작되어 3년 후에는 전 세계인의 기억 속에 길이 남을 불후의 명작이 되었다.

듣건대, 그녀는 이 소설을 쓰기 시작할 때 마지막 챕터부터 집필했다고 한다. 글 흐름에 상관없이 챕터를 건너 뛰어가며 썼고, 이야기의 연속성을 잃지 않기 위해 써 놓은 챕터들을 틈틈이 꼼꼼하게 읽었다고 한다. 1,073쪽의 장편 소설은 그렇게 10여 년에 걸쳐 이루어진 것이었다. 그것도 찰스턴에서 3년을 보내며 현지 답사를 했다고 하니, 대단한 노력과 끈질긴 집념이 아닐 수 없다. 일주일에 수필 한 편을 뚝딱 쓰고는 당장에 뭇사람들에게 읽혀 주고 싶어 안달이 나는, 나 같은 못난 위인으로서는 감히 상상도 못할 일이 아닌가 싶다.

미첼이 마지막 챕터를 마음속에 미리 결정해 놓고 『바람과 함께 사라지다』를 집필했다는 사실로 볼 때, 그녀가 우리들에게 남기고자 했던 말은 바로 이 소설 말미에 스칼렛이 말한 "내일은 내일의 해가 뜰 거야!(After all, tomorrow is another day!)"가 아니었을까. 그녀는 스칼렛의 입을 통해 우리에게 '어떤 역경이 닥쳐와도 결코 희망을 잃지 말라'는 메시지를 전달하고 싶었는지도 모른다.

찰스턴, 마가레트 미첼, 그리고 『바람과 함께 사라지다』를 연이어 생각하다가 문득, 눈으로 보는 더 이상의 관광은 내게 큰 의미가 없다는 것을 깨달았다. 이번 관광에서 얻을 것은 이미 다 얻었다는 생각이 들었다. 중요한 것은 사라진 것들의 잔해를 눈으로 확인하는 게 아니라, 더 이상 어리석게 우리들의 삶을 전쟁의 불길 속으로 사라지게 해서는 안 된다는 지극히 평범한 깨달음이었다.

미첼은 '희망'을 이야기했지만 나는 그 이전에 우리들 인간의 '현명함'을 일깨우고 싶다. 왜 자꾸, 어리석게도 역경을 자초하는

건지…. 아직도 정신 못 차린 우리의 위험한 현실이 다시 생각나
면서 나도 모르게 장탄식이 흘러나왔다.

발길을 잠시 멈추고 하늘을 올려다보았다. 언제 비가 내렸냐싶
게 푸르다. 오늘도 해가 뜰 모양이다. '내일은 내일의 해가 뜬다.'
는 미첼의 말이 새삼 의미심장하게 다가온다.